AF291565

Les sacrifiés

Mamadou Aliou Souaré

Les sacrifiés

Roman

LE LYS BLEU
ÉDITIONS

Chapitre 1
De la vie du village

Situé entre le fleuve Tinkisso et le mont Balayan, Kolon a vu naître le petit Mbo-ké d'une mère peulh et d'un père diakhanké. Dans ce petit village culturel, traditionnel et émotionnel, les valeurs ancestrales et mythiques sont au rendez-vous. Le chant du coq, les cris des singes et des chimpanzés sur la montagne sont le quotidien au réveil des villageois. L'harmattan et les précipitations caractérisent le climat. L'excision, la circoncision, les mariages forcés et précoces sont des pratiques courantes de ce village. La polygamie y bat son plein. Mamadi, le père de Mbo-ké, a deux femmes, sans compter les deux autres femmes qu'il a héritées après la mort de ses grands frères, car la tradition le veut ainsi pour s'occuper des enfants du défunt, pour maintenir le lien avec la famille des beaux-parents et pour remonter le moral de la veuve femme. Né d'une grande famille, Mamadi a cinq frères et six sœurs, sans compter ses demi-frères. La polygamie se trouve dans les veines des Noirs et des Arabes, et pour l'extraire, il faut appuyer là où ça fait mal, car la sensibilisation ne passe pas chez certains. Se réclamant être des Malinkés, tous les frères de Mamadi épousent des femmes Malinkés ou Soussous. Mais lui, il déroge à la règle et épouse deux femmes peulhs. Le fait pour lui d'épouser des femmes peulhs provoque la haine, la colère et le mépris de ses frères qui vont décider de le bannir de la famille. Mais grâce à l'intervention des sages du village, il est maintenu avec les menaces et l'indifférence de ses frères. Il tentera avec toute sa force de renouer avec ses frères, mais en vain. Il donna le prénom de sept de ses enfants à ses frères et sœurs pour se faire pardonner, mais sans succès. Les traitements haineux et injustes que subissent les enfants et les femmes de Mamadi ne l'ont pas fait changer. Il resta toujours ouvert, gentil et disponible pour ses frères. L'agriculture, l'élevage et la pêche sont les principales activités des paysans. Après avoir été dépossédés de leurs terres, la famine commença dans la famille et les frères de sang commencèrent à se disputer à cause des petites terres restantes de l'héritage de leur défunt père. Mamadi est victime de complots de ses frères qui veulent à tout prix chasser le pauvre de ses terres. Malgré les interventions, il est contraint de céder la moitié de ses terres à ses frères. La faim ronge Mamadi et sa famille. Fakourou, le père de Mia, est le chef du village, avec ses avantages et ses privilèges, il assiste Mamadi qui traverse une période difficile. Mais comment Mamadi est parvenu à épouser Mia ? Elle est la seule et unique fille de Fakourou et de Kadé. Et pour l'avoir, il a fallu un grand sacrifice de quarante-neuf bœufs de la part de Kadé qui a prié et souhaité avoir un enfant au détriment de la richesse, car les diables ne le voulaient pas. Le sacrifice fut accepté et la naissance de Mia est annoncée au chef au petit matin. Mignonne, intelligente et respectueuse, elle attirait tous les regards par son comportement, sa dévotion et sa sagesse. Elle connaîtra tout de même une enfance très difficile. Pendant la saison des pluies, les bœufs sont envoyés à Balayan pour éviter un conflit entre agriculteurs et éleveurs, alors il faut une personne à la montagne pour s'occuper du troupeau. Pour cela donc, les femmes du chef se changent à tour de rôle à chaque saison des pluies. Cette saison-là, malgré son jeune âge et contre le gré de sa mère, Mia décide d'accompagner sa marâtre sur la montagne. En cours de route, avec un colis sur sa tête et ses sandales qui trébuchent entre les pierres. Accompagnée par un chien « Sinimori » et toute seule avec sa marâtre dans un endroit sombre, humide et effrayant avec les cris des singes et des chimpanzés, mais elles n'avaient pourtant pas l'air d'avoir peur, car c'était devenu pour elles une habitude de voir et d'entendre ces animaux. Mais ce jour-là, une voix étrange et inhabituelle se fit entendre. Soudain, Mia demanda à sa marâtre si elle avait entendu cette rocambolesque voix qui fait taire et peur même aux animaux de la forêt. Sinimori aboie très fort, mais la redoutable voix semble plus proche. Après quelques minutes de silence, on entend le sifflement d'un serpent comme une sirène. Tout à coup, elles regardent dans la même direction que Sinimori qui n'arrêtait pas d'aboyer. Avec un regard effrayé, son cœur bat très fort et ses jambes tremblent. Elle leva sa tête et vit cet immense monstre de serpent de sept couleurs différentes déversé de la tige jusqu'aux racines d'un arbre. Avec un signe de la main, elle montre du doigt à sa marâtre le gros serpent sur le fromager, celle-ci resta bouche bée. Par peur, elle fit tomber le colis de sa tête sans s'en rendre compte. Le serpent siffle encore plus fort et fonce vers Mia. L'adolescente fait semblant de ramasser un caillou pour enlever ses chaussures qui pourraient l'empêcher de bien s'en fuir. Elle court comme une gazelle poursuivie par un troupeau de lions affamés. Mais le serpent est tellement grand et long qu'il peut rattraper Mia juste après quelques minutes. Le soleil cherche une place derrière la montagne pour se coucher, plus aucun chant d'oiseaux ni aucun cri de singes et de chimpanzés ne se fait entendre dans la forêt, la nuit approche à grands pas et voilà l'adolescente face à son destin qui peut basculer par un serpent qui est en train de la poursuivre pour lui prendre sa vie. Mia se décide et dans un sprint de vie ou de mort avec le serpent qui vient juste derrière elle. Elle court en criant au secours, mais malheureusement elle trébuche et tombe, le temps pour elle de se relever, le serpent est déjà là. Il lève sa tête, aiguise son arme de gueule pour s'attaquer à l'innocente jeune fille qui s'est résignée et qui attend le premier coup de la bête sur son visage. Miracle ou pas, Sinimori, qui les poursuivait, arrive à temps et mord la queue du serpent qui se retourna tout de suite contre lui. Le combat commence entre les deux et Mia se relève puis parcourt quelques mètres. Elle file comme un TGV sans savoir où se trouve sa marâtre et sans calculer la distance qui la sépare de la maison. Elle se cacha derrière un grand rocher, le temps pour elle de souffler et de voir quelle direction prendre pour vite arriver au village. Soudain, le serpent réapparaît et Mia les genoux et les coudes blessés bouge encore en criant : « Maman, maman, aide-moi, maman, mais pourquoi ce serpent me poursuit-il ? » La bête ouvrit sa gueule avec sa bave gluante qui ressemble à une solution de gombo africain ; le temps de verser sa bave sur la fille qui était traumatisée, étouffée et déboussolée pour l'engloutir. Sinimori réapparaît et enfonce ses crocs sur la queue du serpent. Le combat reprend entre le mystérieux serpent et le salvateur Sinimori qui fait preuve de courage et de détermination. Kadé, la mère de Mia, comme par hasard, décida ce soir-là d'accompagner les esclaves pour aller chercher les bois morts pour la cuisine, et pour l'école coranique, mais son cœur bat très fort et toute sa pensée s'oriente sur sa seule et unique fille Mia. Les esclaves furent surpris par le silence inhabituel qui règne dans la brousse au moment d'aller chercher les derniers fruits pour les animaux avant le coucher du soleil. La tenace Mia sauve sa vie en fuyant encore et encore en appelant sa mère au secours. Pendant ce temps, Sinimori se trouve entre la vie et la mort, car il tombe dans le piège du serpent et subit la colère de la miraculeuse créature qui le plaça dans un rond qu'il l'a tendu, il le souleva comme une brique dans un bulldozer puis le jeta contre un arbre. Sinimori retombe et se fait priser une patte, le serpent le reprend puis le lance contre une grosse pierre. Le sang sort des oreilles et de la truffe du chien salvateur, mais Mia avait retrouvé le chemin du village, elle court comme jamais en ce moment, Sinimori joue les morts pour se sauver du serpent qui l'a trop fatigué par le venin de ses morsures. Kadé, toujours inquiète, ordonna aux esclaves de vite aller rattraper sa fille et l'accompagner jusqu'au niveau des bougous. Ils prennent la route sans se douter de ce qu'ils vont découvrir. Le serpent avait perdu de vue Mia et il a fallu quelques minutes de respirations et d'errances pour retrouver les traces de la fille. Les esclaves se dépêchent et quelques minutes plus tard l'un d'entre eux entendit la voix de Mia hurlant dans les bois : « Maman, maman au secours ». D'un signe de sa main, il demande aux autres d'écouter. Tout le monde entend désormais les cris d'assistance de la fille, y compris un chasseur qui n'était pas trop loin du lieu de combat. Tous se précipitent et courent vers Mia sans se douter une seule seconde du danger qui guette l'adolescente. Sinimori se relève juste après le départ du serpent à la poursuite de la fille.

Affaibli par les morsures et les blessures, Sinimori ne capitule pas et il galope derrière le serpent. Les esclaves aperçoivent Mia en sang, étouffée et traumatisée par les évènements qu'elle a vus et vécus. Quand elle voit les esclaves, elle pensait être dans un rêve ou dans un conte, car elle n'en croyait vraiment pas ses yeux et encore moins à cette incroyable coïncidence du lieu et du moment de retrouvaille. Néanmoins, elle doute de la capacité des esclaves à faire face à un tel monstre de serpent. Le multicolore serpent arrive en train de siffler et prêt à tout pour avoir sa proie. Mia couchée par terre sur une pierre plate, le cœur partagé entre fuir encore ou observer le scénario entre les esclaves et le serpent. Elle se décide de rester et voir ce qui allait se passer, car pour elle, même si elle mourait maintenant, les esclaves allaient témoigner à ses parents de ce qu'ils ont vu de leurs propres yeux. Le serpent lève sa tête avec ses yeux rouges, il siffle encore plus fort, sa bave se déverse sur les pierres. Un esclave s'est déjà évanoui et les autres cherchent à s'armer des pierres, des machettes et des haches qu'ils avaient apportées pour chercher les bois morts. Sinimori arrive encore et s'attaque à nouveau à la queue du serpent qui pensait l'avoir tué au cours du deuxième ring. Il retourne sa tête et veut en finir avec le chien pour de bon. Soudain, voilà le chasseur vêtu d'une tenue traditionnelle avec des cauris, des petits miroirs et des cornes sur sa chéchia. Un Banfa accroché à son épaule et une queue de vache dans sa main. Pendant que Sinimori s'attendait au pire et au moment que le serpent étal son coup pour tuer le chien, le chasseur vise et lâche un coup de son sopagnipa sur la tête du serpent. Le serpent est gravement touché, mais il ne se rend pas et le chasseur rajoute un second coup de fusil en pleine tête du serpent qui tomba. Un esclave s'approche de la bête pour s'assurer vraiment s'il est mort, les abeilles sortent de sa gueule et chasse tout le monde. Mais le chasseur sort de son Banfa une bouteille de talisman et il fait des incantations puis verse le talisman sur le serpent qui va s'enrouler sur le tronc d'un arbre tout près de la termitière. Le chasseur prend une machette des esclaves et coupe la tête du serpent. À la surprise générale de tout le monde, une nouvelle tête réapparaît qu'il coupa ensuite, mais chaque tête coupée siffle et cherche à mordre quelque chose. Les deux premières têtes coupées ont déjà chacune mordu un arbre qui sèche directement, les feuilles tombent et ainsi de suite jusqu'à la septième et dernière tête. C'est là qu'on entendit un grand vent, tous les arbres se remuent et chacun cherche à s'accrocher à quelque chose pour ne pas s'envoler. Le serpent disparaît progressivement avec le tourbillon. Les esclaves, le chasseur et la fille prennent la route de la maison. Kadé et les autres esclaves, après avoir entendu les coups de fusil, cherchaient à rallier le lieu. La marâtre qui venait juste d'arriver après le départ des autres fait le constat sur les arbres, les pierres et Sinimori qu'elle va prendre et emmener au village. Non loin de là, Kadé et sa fille se rencontrent en pleurant de part et d'autre. L'état de Mia explique le degré des évènements. Elle demanda à sa fille : « Mais qu'est-ce qui s'est passé ? Où se trouve ta marâtre ? ». Elle ne pouvait sortir un seul mot de sa bouche en ce moment-là. Un instant après, elle demanda au chasseur qui donne les explications, ensuite on voit Sinimori dans les bras de la marâtre qui donne des explications sur le début de l'histoire. Les esclaves et les femmes dépassés par les évènements restent sans mot. Le vieux chasseur demanda à tout le monde de rentrer au village, car la nuit tombait et le chef pourrait être inquiet par le temps inhabituel qu'ont mis ses esclaves et sa femme dans la brousse. Arrivés au village, le vieux chasseur donne les premières explications, ensuite Mia prend la parole et raconte tous les scénarios de son film avec le serpent en reconnaissant et en magnifiant l'apport de Sinimori et du chasseur. Après tout le compte-rendu, le chef demande des explications aux sages du village qui plaident une semaine d'entretien pour venir répondre au chef ; chose que le chef va leur accorder. Sept jours plus tard, les sages se réunissent et arrivent chez le chef du village. Ils disent : « Les esprits du mont Balayan sont fâchés, car cela fait trop longtemps que nous ne faisons plus de sacrifices ni d'offrandes. En plus, Mia avait de l'or pur aux oreilles et autour du cou, choses qui attirent fortement les génies ». Le chef Fakourou décida donc d'organiser une grande cérémonie de réconciliation entre les esprits et les villageois. Sinimori reçoit des honneurs et des éloges.

Un traitement beaucoup plus confortable que celui d'avant. Kadé cuisine elle-même du fonio pour le chien salvateur comme signe de reconnaissance, de remerciements et d'affection pour lui et il sera ainsi bien traité jusqu'à sa mort. Il recevait toujours des plats spéciaux garnis de crème de lait. Il ne se séparait jamais de Mia même la nuit en dormant il veille sur elle en restant assis sur ses pattes postérieures devant la porte de la case jusqu'au matin.

Le jour du sacrifice arriva, les sages réunis d'un côté et les griots de l'autre pour servir de témoins et d'intermédiaires entre les sages et le chef. Dans la clôture, au fond à droite, les villageois : hommes, femmes et enfants apeurés et craintifs murmurent entre eux et se posent des questions sur leur avenir et celui des futures générations. Un esclave tape le Tabala accroché à un tronc d'arbre derrière la foule. C'est l'heure du départ, les griots prennent la parole et font les éloges du chef, ils parlent de sa descendance et de ses bienfaits. Le chef, très content, sourit et lève sa main droite, salue les sages et la foule, puis se dirige vers ses femmes qui étaient juste à quelques centimètres derrière lui. Il demanda à ses femmes si elles étaient prêtes et elles répondirent par l'affirmative, puis la marche commença. Le griot Farba prend la parole et crie fort en disant « Euh, chef Fakourou, l'homme qui n'a jamais triché, l'homme qui respecte et qui se fait respecter, le papa des orphelins, le chef qui tua le lion ordonne aux sages de faire leur travail afin de sauver et protéger ton peuple ». C'est ainsi que Fakourou dit aux sages : « Faites ce que vous savez faire, faites ce que vous pouvez faire pour réconcilier tout le monde, je déclare la cérémonie ouverte ». Le pain blanc dans les calebasses portées sur les têtes de trois jeunes filles vierges, la pintade colorée et le coq blanc avec un cauri blanc sur crête sont avec un sage. Les tambours et les tam-tams retentissent, puis ils font les pas en direction du lac intarissable où se trouve la base des diables. Les femmes chantent des louanges, les calebasses remplies de talismans pour être versés sous le grand arbre. Le chef, les sages et les initiés sont déjà dans la forêt. Arrivé sous le baobab, un sage demanda que tout le monde se taise. Un silence de mort tout de suite, puis il demande à

Farba le grand griot et le plus ancien des griots de faire des louanges aux esprits protecteurs. Celui-ci prend la parole.

Les mots peuvent détruire, ils peuvent ternir et gâcher des projets et des vies. Ils peuvent également soulager, guérir et soigner les plaies les plus profondes. Les mots peuvent séduire les cœurs les plus durs et les plus rebelles du monde. Les mots sont des armes incontestablement plus destructives que la bombe atomique. Les mots sont plus dangereux que satan 2 de la Russie. Les paroles sont capables de faire séparer à queue de poisson tout comme elles sont habiles pour réconcilier les pires ennemis.

C'est dans ce sens que Farba aborda les esprits en présentant les offrandes à Djina Moussa qui refusa la pintade, le coq et le pain blanc en exigeant un bélier blanc et des colas rouges que les esclaves partirent chercher au village. À l'arrivée du bélier et des colas, on remarque de loin la joie de Djina Moussa qui remue l'eau et les feuilles des arbres au son des tam-tams et des tambours. Les sages comprennent tout de suite que le sacrifice est accepté, que la hache de guerre est enterrée et que les malentendus sont réglés. Après quelques minutes de chants et de danses, le bélier qui était là-bas sous l'arbre se trouvant sur le lit du lac disparut d'un seul coup. On entend une seule fois la voix étrange et le bélier qui bêle une dernière fois là-bas de l'autre côté du lac. La saison fut bonne, les champs ont donné beaucoup plus qu'avant. La pluie très abondante et plus jamais aucune attaque au village et sur la montagne. La saison sèche pointe à l'horizon et les troupeaux descendirent du mont Balayan. Les feux de brousse, la chasse et l'apiculture commencèrent. Sept ans plus tard, Mia et ses amies se rendent au lac intarissable pour faire la lessive comme d'habitude sans se douter de ce qui allait se passer. La lessive terminée, elles désirent se laver avant de rentrer à la maison. Le savon sur la tête et au visage, sa poitrine laisse faire admirer ses seins à la forme d'oranges mûres. Attirante aux yeux de tous, les pieds dans l'eau, courbée et avec une petite calebasse en main pour verser de l'eau sur sa tête. Djina Moussa arriva sous forme humaine et prit Mia par derrière, le savon au visage, elle n'a pu rien voir venir. Il disparaît avec elle sous l'eau et ses amies rentrèrent à la maison en courant et en criant qu'un homme a pris Mia. Le chef, aussitôt informé, consulte les sages et son marabout qui arrivent tous à la même conclusion : « Il y a déjà sept ans et le chef doit encore un bélier blanc à Djina Moussa ». Fakourou organise une cérémonie à nouveau. Ils partent et font des offrandes, puis miraculeusement réapparaît Mia plus belle qu'avant. Ils prennent la fille là-bas assise un peu perdue et rentrent à la maison. Deux jours avant, Sinimori était tombé dans un puits inachevé couvert par les débris de paille restant des feux de brousse. Le chien est recherché partout au village. Mia n'a plus d'espoir ni d'appétit, mais sa mère Kadé essaie de lui donner quelques lueurs d'espoir que le chien sera retrouvé. Après trois jours et deux nuits de recherches, toujours aucune trace ni de nouvelle ; les chances de le retrouver vivant sont désormais minces. Le chef même est inquiet par l'état de sa fille, il alerte et promet une grande récompense à toute personne qui retrouvera Sinimori le compagnon et l'ami salvateur de sa fille. Dans la nuit du troisième jour, Mamadi revenait au village après sept ans de formation en la profession de maçon. Seul sur la route, le sac au dos, il entend les aboiements d'un chien épuisé dans un puits non loin de la route. Il prend son courage et décide d'aller voir ce qui s'y passe. Heureusement, il trouva Sinimori au fond du puits abattu, fatigué et affaibli par la faim et la soif. Il fait tout son possible pour sortir le chien du fond du trou. Arrivé chez sa mère, après les salutations, elle demanda à son fils : « Où as-tu trouvé ce chien ? » Il raconte tout à sa mère. Sa mère donne à manger et à boire au chien après l'avoir lavé. Le lendemain matin, elle prend son fils et le chien pour venir chez le chef. Mia n'a pas dormi de la nuit et elle était déjà sur ses pieds. Elle aperçoit Sinimori de loin avec Mamadi, elle court à la rencontre du bienfaiteur et sa mère. Elle embrasse le chien en pleurant de joie, car n'avait plus l'espoir de le retrouver. La joie revient chez Mia et on peut le remarquer sur son visage et par ses démarches. Le chef appelle tout le monde et tient à honorer son engagement, sa promesse de récompense. Il offre un kilogramme de lingot d'or pur à Mamadi qui refusa d'accepter le cadeau sous prétexte que tout le monde aurait fait la même chose en sauvant le chien. Le chef surpris par cette déclaration propose la fille elle-même au jeune homme pour un mariage honorablement bien célébré. La mère de Mamadi, dépassée et très heureuse par ce qu'elle venait d'entendre, fond en larme en disant qu'il n'y a pas de plus beau jour que celui-ci et ça tombe bien, car son fils était justement revenu au village pour se marier puis repartir continuer son métier de maçon. Farba le grand griot prend la parole, le grand maître des mots fait comme à l'accoutumée des éloges du chef en demandant l'acclamation des paysans venus voir ce qui se passe chez Fakourou, car le tabala n'est jamais tapé par hasard. Il est généralement tapé pour annoncer de grandes fêtes, de grands événements ou une réunion urgente. EUHH chef le tueur de lions, le père des orphelins et le réconfort des pauvres, voilà encore une autre sage et digne décision de ta part. Mia va bientôt se marier et de la plus belle des manières. Le chef demanda à Mamadi de fixer une date pour le mariage. Mia, sans mot à dire et dépassée par la tournure des choses, ne sait plus quoi dire ni quoi faire, elle fuit dans la case, sa mère et son chien derrière elle, rentrent dans la pièce et dit ma fille chérie aujourd'hui est un grand jour, ton père a déjà fini de parler devant le public et je ne pense pas qu'il ait pris une mauvaise décision pour toi, car non seulement tu n'es plus une petite fille tu as déjà tes 16 ans, mais aussi Mamadi est une très bonne personne et de surcroît c'est le seul maçon du village. Donc vous allez bien vous en sortir ensemble. Tu n'as pas à pleurer ma fille, car de toutes les façons on n'a pas le choix et tu dois te marier et fonder une famille un jour. Mia répond en disant mère je ne vais pas vous décevoir, je reste derrière vous. Sa mère heureuse par ses propos la serre bien dans ses bras en murmurant à ses oreilles : « Je le savais ma chérie, tu es une très bonne et sage fille ; tu es bien éduquée en plus ma fille. Merci de m'avoir comprise. C'est comme ça que les choses se passent dans ce village depuis très longtemps. Le père de famille donne en mariage ses filles sans demander à qui que ce soit ». Mamadi et sa mère prennent le chemin du retour. Arrivés chez eux, ils annoncent la nouvelle aux frères et sœurs de Mamadi, car ils sont orphelins de père. Leur père était un ancien combattant qui a participé à la Seconde Guerre mondiale au côté de la France en tant que tirailleur sénégalais. Sergent Laye revient de la guerre avec des blessures. Il s'occupa bien de sa famille jusqu'à sa mort. Sa pension n'a malheureusement été reçue qu'une seule fois par ma grand-mère paternelle.

Après l'annonce de la nouvelle, c'est la joie dans la famille. Ils font une réunion pour choisir la date du mariage. Une délégation est vite formée pour aller soumettre au chef la date choisie pour célébrer le mariage. Arrivés à la rentrée de la clôture, ils enlèvent les chaussures et les chapeaux puis les mettent sous les épaules, car la tradition le dit ainsi. On ne rentre pas avec les chaussures chez ses beaux-parents, car ce serait un manque de respect. Après les salutations, Mia sort de la case vêtue en tenue traditionnelle de lepi avec sa chaîne et ses boucles d'oreilles en or qui brillent sous le soleil, apporte de l'eau à boire à son futur époux. La tête basse, jamais le regard fixé dans les yeux des autres, elle s'agenouille puis tend l'eau dans un gobelet argenté. Il récupère l'eau, boit et passe à sa mère qui boit à son tour, mais en ne laissant pas le gobelet complètement vide, pour dire qu'on ne doit jamais rester sans réserve selon la tradition. Et tout ce temps, la polie et sublime Mia était restée immobile, le regard fixé sur les pieds du jeune homme qui lui redonna le gobelet avec un sourire charmeur. Le chef souhaite la bienvenue et donne la parole à la délégation. La mère de Mamadi présente les colas et la date choisie. Elles sont acceptées par le chef. Les préparatifs du mariage s'accélèrent et le jour tant attendu arriva. Les grosses marmites sur le feu, les chaises déjà classées en rang dans la cour et sous le manguier. Les instruments de musiques comme : le tam-tam, le tambour, le balafon, les trompettes, les castagnettes, etc. attendent au coin de la cour pour raisonner au rythme de l'évènement. Les sages assis de l'autre côté sous le manguier, les jeunes font thé ataya avec de l'arachide dans une tasse et du lait. Pendant ce temps, certaines préparent la future mariée en tressant sa tête avec au bout de chaque tresse un lingot d'or ou un cauri. Le chef assis au milieu de ses femmes avec sa canne et son éventail demanda à son griot Farba où sont passés les chefs religieux ? Ne savent-ils pas que c'est aujourd'hui le mariage de ma fille bien-aimée ? Ou bien ils veulent défier mon pouvoir en sabotant cet évènement si important ? Quelques minutes plus tard, les chefs religieux arrivent, ils présentent des excuses pour le retard et prennent place sous le manguier non loin des sages. La nourriture est partagée par classe et par statut social différents à savoir : les sages, les chefs religieux, les griots, les esclaves, les invités des autres villages environnants, les chasseurs et la jeunesse sans oublier la noble famille du chef. Chacun reçoit le manger de son choix et mange à sa faim ensuite les parents de Mamadi présente les biens qu'ils ont apportés pour le mariage, accompagnés de la dote. Transmis par le griot, ils sont acceptés avec plaisir et honneur, respect et satisfaction. Mia est lavée et habillée par un groupe de femmes initiées. Les chefs religieux nouent les liens de mariage entre Mamadi et Mia. Ils demandent premièrement à Mamadi : vous voyez cette fille aujourd'hui en pleine forme, vous l'aimez si elle tombe malade ? Vous allez soigner et nourrir et vêtir Mia ? Il répond tout par OUI. C'est au tour de la fille, vous aimez ce monsieur s'il tombe malade ? Allez-vous le soutenir dans le meilleur comme dans le pire ? Avec une voix peureuse, elle répond par l'affirmative. De par les pouvoirs qui nous sont conférés, nous vous déclarons mari et femme. Les musiciens commencent à chanter et à danser. La jeune mariée vêtue en tissu blanc est portée sur le dos d'un esclave, elle tremble de peur, son cœur bat très fort, le grincement de ses dents se fait ressentir malgré le bruit des instruments de musiques. Ses larmes tombent sur le sol comme des grêles de pluie. Mia doit quitter le domicile de ses parents pour aller fonder son propre foyer. En sortant sous le toit de ses parents, sa mère pleure en regardant son unique fille partir, mais bien avant elle avait offert une vache et une valise à sa fille. Tout au long du chemin, les femmes chantent et dansent. Arrivés chez Mamadi ou une autre foule les attendait, on les accueille avec un coup de fusil et du lait. Les amies de Mia disent qu'elle ne va pas rentrer dans la famille avant qu'on ne les paye un montant pour les consoler. Les amis de Mamadi n'ont pas tardé à réagir, car ils connaissent bien les coutumes et c'est comme ça depuis la nuit des temps. Ils rentrent enfin dans la famille, chantent et dansent avant que le griot ne demande à tout le monde de prêter attention puis il passe le message du chef à la famille de Mamadi qui se lève et prie deux rakats puis le grand moment arrive, celui d'aller tester la jeune mariée si elle est vierge ou pas. On emmène Mia dans une case un peu loin du lieu où se trouvent les fêtards. Dans une case, on retire le foulard blanc se trouvant sur la tête de la fille pour étaler sur le lit, on fait enlever ses vêtements puis lui demande de se coucher sans faire aucun geste de protestation ni de bruit. Prise par deux vieilles femmes aux yeux rouges, la fille effrayée et sans choix, elle exécute les ordres. Les deux femmes assises devant la porte assistent à la chaîne en répétant chaque fois à la fille de ne jamais faire de bruit ni aucun geste synonyme de refus. Imaginez un peu ce qu'elle peut ressentir à ce moment précis, l'humiliation et les contraintes qu'elle subit lors de la nuit censée être celle de ses noces. Sa lune de miel. Les deux vieilles rentraient à tout moment s'assurer que tout se passe bien, que la fille subit, encaisse sans riposter. Mais au nom de quel Dieu ou de quelle tradition font-ils ce genre de choses dans nos sociétés ? Bref, il se passe ce qui devait se passer. Quelques minutes plus tard, elles rentrent pour voir ce qui s'est réellement passé. Elles trouvent que le foulard qu'elles avaient étalé sur le lit avant le début de l'acte est taché de sang. C'est la joie totale, car Mia était en réalité belle et bien vierge. L'information est vite remontée et arrive jusqu'aux parents de la fille. Peu à peu tout le village est au courant. C'est un honneur, un plaisir et une immense joie pour sa famille, car si c'était le contraire, si le foulard blanc n'était pas en sang, c'est la honte totale parce qu'en ce moment pour eux la fille ne serait pas vierge. Et elle sera humiliée, haïe et même renvoyée dans sa famille. Ils ignorent qu'une fille peut bien être vierge et ne pas saigner au premier rapport. Nos traditions ont d'énormes atouts et avantages, elles occupent une place importante dans l'éducation de nos enfants, mais elles comportent tout de même des choses, des pratiques, des comportements à carrément bannir pour le bien de nos enfants et des générations à venir.

Ils font des cadeaux à la fille et quelques mois plus tard, on constate que Mia est enceinte. Sans savoir exactement ce qu'il faut faire, car c'est le tout premier geste. Elle se rend chez sa mère Kadé pour demander des conseils. La pharmacopée est à l'honneur. On fait laver et boire des écorces à la pauvre fille qui malgré son état travaillait très dur dans les champs comme toutes les autres personnes. Neuf mois plus tard, elle accouche des jumeaux : Foudice et Mbo-ké. Mais malheureusement trois ans plus tard, la sœur jumelle de Mbo-ké rend l'âme dans une situation compliquée. Tous les yeux sont désormais rivés sur le petit. À l'âge de sept ans, Mamadi décide d'envoyer le petit dans un village très lointain pour intégrer une école coranique. Mais sachant que tous les enfants de cet âge sont maltraités et exploités là-bas, Mia s'oppose, elle ne veut pas laisser son fils partir dans cette soi-disant école coranique. Elle propose qu'il soit inscrit à l'école normale, ce qui fut être fait. Le petit Mbo-ké est très intelligent à l'école, car ses notes le prouvent et il est toujours classé parmi les cinq premiers de sa classe. Néanmoins il était canaille. Il se battait souvent avec ses amis de classe et n'était presque jamais d'accord avec les filles qu'il considérait comme étant des sources de problèmes.

Dans tout le village, il n'y a qu'une seule école de trois salles de classe, d'une direction et des latrines. Dans la cour de l'école, un grand arbre sur lequel est accrochée la cloche. De l'autre côté en face de la direction se trouve un bassin contenant de l'eau. Là-bas au fond se trouve le mât et un peu plus loin il y a le terrain de football et un forage. Pendant les récréations, les enfants jouent dans cette cour poussiéreuse, les murs lézardés, certains pieds tenaces courent derrière un ballon. Tandis que d'autres cherchent à déguster le manger qu'ils ont acheté avec les femmes assises là sous l'arbre du néré. Le petit Mbo-ké lui comme il a mal aux pieds, retourne en classe et cherche à bien comprendre la leçon du jour. Quelques années après l'ouverture de l'école primaire de Kolon, en 2004 l'établissement reçoit un don du PAM. Le programme alimentaire mondial distribue du riz, du haricot, de l'huile à certaines écoles pour permettre aux enfants de pouvoir survivre, de manger à leur faim tout en ayant la possibilité d'être scolarisés ; parce que la famine oblige plusieurs à abandonner l'école. Cet organisme d'aide alimentaire de l'ONU a vraiment fait du bien. Mais au lieu de me soutenir dans mon combat, dans une guerre, mieux vaut ne pas me créer de problèmes. Nettoyer est bon, mais ne pas salir est mieux. C'est une honte que ces États africains ne parviennent pas à répondre aux aspirations et aux attentes de leurs populations sur les plans alimentaire, sanitaire, infrastructurel et éducatif. Certains pays asiatiques qui ont eu leurs indépendances au même moment ou après les années 60 sont beaucoup plus avancés de nos jours ; pendant ce temps les enfants étudient dans des hangars sans table banc ni d'effets scolaires en Afrique. Pas de toilettes, les enfants font les besoins à ciel ouvert comme des oiseaux errants. Aucune initiative ni de politique démographique et sociale pour sensibiliser sur la nécessité de limiter le nombre d'enfants par couple. Certains pondent des enfants comme des poules dans un poulailler. Oui certaines religions autorisent la polygamie, mais elles fixent tout de même des conditions : si tu as les moyens, si une seule femme ne te suffit pas donc pour ne pas tromper ta femme et commettre l'adultère, si tu peux aimer et traiter tes femmes équitablement chose qui est presque impossible. Mais comment, étant pauvre avec quatre femmes et plus de trente enfants, peux-tu t'en sortir ? Comment donner une éducation normale à ces nombreux enfants sans qu'aucun ne devienne délinquant ? Les problèmes de l'Afrique, c'est nous les Africains nous-mêmes qui sommes à la base ensuite arrivent les autres. Pendant que les jeunes Européens, Asiatiques, Américains, etc. sont entrain de travailler, sont entrain d'expérimenter ou d'inventer de nouvelles choses, les jeunes Africains quant à eux sont entrain de danser, de se livrer à l'alcool et à la drogue. Ils cherchent à épouser une deuxième ou troisième femme ou à perdre leurs temps sur les réseaux sociaux. Les dirigeants africains quant à eux, au lieu d'être des porte-flambeaux, de bons exemples qui inspirent les futures générations, ils ne le sont en rien, mais c'est plutôt eux ce grand orage de tourbillon qui s'abat sur le continent pour éteindre toute lueur d'espoir de démocratisation et de développement du contient. Les vieux dirigeants sont contaminés par le virus de changement constitutionnel et de troisième mandat. Ce qui provoque des coups d'états militaires. Voilà quelques éléments qui prouvent à suffisance que l'Afrique est vraiment mal barrée. Les juristes, qui devraient trancher et exiger le respect des textes de loi, sont la plupart corrompus ou tués pour des fins politiques et intérêts égoïstes.

Le petit Mbo-ké avec l'aide alimentaire, il parvient à manger à sa faim et cela fait qu'il redouble d'efforts. Il est chaque fois classé deuxième ou troisième de sa classe, mais presque à chaque trois mois il est convoqué à la direction pour avoir frappé une fille. Néanmoins cela n'affecte pas le petit qui continue son ascension fulgurante en cumulant d'excellentes notes à l'école. Mais il ne pas accepter de voir des petites filles se laisser embobiner en couchant avec le directeur de l'école pour avoir de bonnes notes pendant les compositions de fin d'années par exemple. Ce qui explique sa mésentente avec les filles et ses convocations répétitives à la direction. Il s'insurge contre cette pratique et malheureusement il subit la colère du pédophile de directeur. Il est interdit à Mbo-ké d'avoir l'aide alimentaire de la plus grande institution alimentaire mondiale. Ensuite à la proclamation des résultats, à la surprise générale de tout le monde Mbo-ké n'est pas parmi les trois premiers de la classe et se retrouve pour la première fois à la neuvième place. Après les conseils des uns et des autres, Mbo-ké ferme ses yeux et laisse le directeur faire. Parce qu'après tout, les notes sexuellement transmissibles n'ont pas commencé aujourd'hui ni hier et ne prendront visiblement pas fin demain non plus. C'est devenu une monnaie courante et cela se passe partout à travers le monde. On ferme juste nos yeux et on laisse faire. Voilà pourquoi les diplômes ne représentent plus les valeurs intrinsèques des élèves et des étudiants. Le sexe est devenu monnaie d'échange dans nos sociétés. Quoi de mieux pour les fainéants ? car après tout un bateau ne laisse pas de trace permanente sur la mer. Juste quelques minutes, après plus rien. C'est exactement l'un des plus gros et solides arguments de ces vauriens de pédophiles pour accomplir leur besogne.

Le directeur continua de voler les denrées alimentaires destinées aux élèves pour aller revendre aux femmes du marché. Chaque chose a son temps, tout comme toute chose a un début et une fin. Les élèves se concertent et lancent un mot d'ordre de grève contre la direction de l'école. À la tête du mouvement l'incorruptible Mbo-ké et ses amis qui protestent jusqu'à l'intervention des parents d'élèves qui sont venus de par-ci et par-là pour calmer les choses après trois jours de manifestations sans cours. Le sous-préfet intervient à la demande du bureau des parents d'élèves et du conseil de quartier. Avec l'implication du directeur sous-préfectoral de l'éducation, le pédophile et voleur de directeur est blâmé puis affecté dans un autre village. Les cours reprennent normalement. Le nouveau directeur semble être sérieux et à la hauteur néanmoins Mbo-ké reste tout de même vigilant et attentif.

Un jour Mbo-ké est accusé de vol par la fille du chef de village en remplacement de Fakourou. Le nouveau voulait juste se mesurer et se venger de l'ancien décideur du village en passant par sa fille pour accuser à tort le petit-fils de l'autre. Après l'annonce du résultat de l'examen à la radio sous-préfectorale, Mbo-ké est admis avec mention bien. Aussitôt, Mamadi, son père, décide de le transférer à Dab City pour faire son collège et surtout pour calmer les choses au village. La bouche est à la fois la plus bonne et la plus mauvaise partie du corps humain. Elle peut réparer tout comme elle peut détruire des merveilles. Mbo-ké est parti loin de toutes ces longues bouches qui le dénigraient sans cesse. Arrivé dans la préfecture, il poursuit ses études avec courage et détermination. Il est toujours bien classé malgré la rude concurrence dans la salle de classe. À chaque congé et à chaque vacance, il repartait au village pour voir ses parents, ses amis et surtout sa grand-mère Kadé qui s'inquiétait toujours pour lui et demandait souvent comment les choses se passent là-bas pour lui à Dab City ? Il expliquait la famine, la longue marche qu'il effectuait chaque jour pour se rendre à l'école. Le manque de soutien, la nostalgie, l'indifférence des gens et le traitement injuste qu'il subissait. Kadé avait beaucoup d'affection pour son petit-fils, surtout quand elle a perdu son mari Fakourou. L'adolescent continue ses études de la meilleure des manières jusqu'au retour de l'Europe du fils de sa grande sœur. Le nouvel arrivant promet de faire venir son petit frère et Mbo-ké en Europe pour jouer au ballon. L'euphorie s'empare des jeunes adolescents et ils ne travaillaient plus bien à l'école comme auparavant. Le temps que Mbo-ké passait avant pour réviser ses leçons est désormais inclusivement consacré à jouer au football, à la fréquentation des filles et aux travaux champêtres. Mbo-ké qui était toujours bien classé à l'école n'est plus que l'ombre de lui-même, car il va même rater son brevet blanc. C'est ainsi que la décision eut été prise : plus personne ne va être aidé pour rejoindre la France. C'est la désolation totale et la déception chez les jeunes adolescents qui étaient dans les nuages. Mbo-ké, après une réflexion approfondie, redescend sur terre et abandonne tout pour se consacrer à ses études. Il obtient son brevet avec mention bien.

À Dab City, les principales activités sont basées sur l'agriculture, le commerce et l'élevage. À cause de l'existence d'une usine d'huilerie, qui est d'ailleurs la seule de la préfecture ; les paysans font la culture de l'arachide une priorité. Mbo-ké après plusieurs mois passés en train de marcher sous le soleil de l'école à la maison en passant par les champs d'arachides à la recherche des derniers grains oubliés par les oiseaux et les rats. Il tombe malade de la méningite sous l'effet du soleil et l'harmattan. Pendant les vacances il rentre au village pour voir ses parents, ses amis et surtout sa mamie qui s'inquiétait toujours pour lui. Elle l'envoyait souvent de l'argent et parfois des boules d'Akassa qu'il attachait dans un sachet plastique pour apporter à l'école pour manger pendant la récréation. Il a connu la misère dans cette préfecture, car parfois même il croquait de l'arachide et du pain sec. Mais malgré tout il n'a jamais volé et était déterminé pour ses études. Plusieurs enfants sont obligés d'abandonner les études pour les champs d'arachide. Sous l'effet de l'usine, plusieurs enfants quittent les salles de classe pour venir en aide à leurs parents. D'autres sont forcés d'abandonner les études malgré leurs intelligences en classe. Les uns envoyaient leurs femmes, cousines ou sœurs pour être embauchés par le patron de l'usine. Les autres jouaient sur la fibre ethnique pour avoir un poste de sub rosa. Seuls quelques chanceux obtiennent ce qu'ils veulent sans se faire passer pour des caméléons. La majorité des jeunes n'ont rien à faire dans cette préfecture comme dans tant d'autres d'ailleurs. Le quotidien des jeunes est marqué par les jeux de hasard du loto, le foot de la rue, les petites marmites pour faire du thé attaya en attendant les échéances électorales pour profiter de l'argent de la campagne qui ne les fait même pas le prix d'un plat. Mbo-ké multiplie de bonnes notes à l'école, il a un bon comportement et du respect pour tout le monde. Son oncle paternel vivant dans la capitale veut à tout prix le faire venir afin qu'il donne des cours de soir à ses enfants. Ensuite avec sa bonne attitude, les enfants pourraient prendre le bon exemple sur lui et bien travailler à l'école. Mbo-ké est dans l'embarras de choix : faut-il accepter d'aller découvrir la capitale qui fait rêver tous les jeunes du village ? Ou bien faut-il poursuivre ses études dans la préfecture où il peut aller voir sa grand-mère à chaque congé ? L'envie d'aller découvrir un nouveau monde prend le dessus et avec l'accord de ses parents, Mbo-ké décide d'aller faire le lycée à Gnakry. C'est le début d'une mutation, la nostalgie de ses amis ainsi que ses professeurs. Pour le retrait de son dossier, ce n'était pas du tout facile, car non seulement ses amis et ses professeurs ne voulaient pas qu'il parte, mais aussi et surtout le proviseur de son établissement qui voulait coûte que coûte le garder pourvoir maintenir ses meilleurs élèves afin d'avoir un bon classement au rang national. La concurrence est énorme entre les différentes préfectures du pays ainsi que les communes de la capitale. Chaque école désire que les premiers de la république proviennent de son établissement. Malgré tout et après toutes les tractations, Mbo-ké parvient à avoir son dossier et est transféré dans la capitale Gnakry pour y faire le lycée.

Les jeunes du village sont la plupart bien éduqués de nos jours par rapport à ceux de la capitale, ils ont la connaissance parfaite des valeurs ancestrales et civilisatrices, ils sont enracinés dans la culture et maîtrisent notre tradition dans sa globalité. La culture naît, grandit et avec le temps elle meurt avec les peuples. La culture, la tradition et les coutumes doivent évoluer, elles doivent s'adapter aux réalités en fonction du temps. Certaines pratiques sont maintenant révolues et démodées et ne doivent plus être à l'ordre du jour dans nos sociétés. Les jeunes ne peuvent plus manger dans les calebasses, ni se vêtir des peaux des bêtes ou dormir par terre sur des nattes. Les jeunes d'aujourd'hui ne peuvent plus poser leurs orteils exactement sur les traces laissées par les anciens. Tout comme les jeunes filles ne doivent plus être excisées, mutilées ou utilisées comme des objets sexuels. Les nuits de noces des jeunes mariés ne doivent plus être assistées par des vieilles ni personne d'ailleurs, car c'est une honte, une injure, une moquerie et un manque de respect total de notre dignité. C'est un vol d'une partie de notre intimité. Imaginez un peu comment va se sentir une fille quand quelqu'un va lui dicter des ordres concernant sa lune de miel qui devrait censé être la meilleure se transforme par la tradition d'une époque dépassée à l'exécution des ordres ? Les gestes, les positions, la voix et même le temps, tout est contrôlé par des vieux et vieilles au nom de la tradition. Mais quelle tradition bon sang ? Au nom de qui seigneur ? Imagine dans quel état se trouvera la fille quand ses deux pieds sont attrapés et bien écartés par les défenseurs de la tradition ? Et l'homme se sentira-t-il à l'aise s'il est conscient ? Regarde le visage, la tête basse de cette fille qu'ils qualifient ne pas être vierge juste parce qu'on n'a pas trouvé de sang sur le tissu blanc étalé au-dessous d'elle. Regarde les larmes de cette pauvre innocente fille qui s'est fait violer par un membre de sa famille et qui l'interdit de prononcer un mot ? Les viols collectifs et organisés on n'en parle même pas, car ce sont les plus courants. Écoute le cri de cœur de cette orpheline forcée de se marier étant mineure à un vieux qui a l'âge de son père. Resteras-tu indifférent devant le corps de cette fille morte en accouchant suite aux complications dû à l'excision ? Diras-tu à cette fille de se résigner vu qu'elle n'a pas droit à l'héritage laissé par son père parce qu'elle est femme ?

Les facteurs qui déviergent une fille sont énormes à part coucher avec un homme. Alors ne les accusons plus à tort, ne les condamnons plus à l'esclavage à la maison, ne les renvoyons plus si elles ne saignent pas au premier rapport, ne les obligeons plus à faire ce qu'elles ne veulent pas faire, ne les déscolarisons plus pour les forcer au mariage, ne décidons plus à leurs places, donnons-leur la parole, acceptons leurs choix. Laissons nos filles décider d'elles-mêmes, car elles ont des sentiments et des droits et un mot à dire sur leur futur. Traitons les filles au même pied d'égalité que les garçons. La fille n'est plus une marchandise et moins un objet que l'on fait passer d'une main à une autre. Elle mérite respect, amour et considération. Cette tradition qui discrimine et diabolise les albinos dans nos familles, dans nos sociétés, doit cesser. Les larmes de cette orpheline doivent être essuyées et non la contraindre à se livrer à la prostitution, à la drogue et à l'alcool ou à l'aventure. La culture c'est nous. Et sans nous il n'y a pas de culture alors faisons des choses avantageuses pour notre futur au lieu de se cloîtrer dans une culture ancestrale. Le phénomène de la mondialisation doit profiter à tout le monde. Il est clair, je ne conseille jamais d'être déraciné ni d'être profondément enraciné dans les entrailles de la tradition. Il suffit de capter les aspects positifs de chacune des cultures et ignorer les démodés, les extravagants et négatifs. C'est celle-ci la vraie et durable culture.

Le racisme ne devrait plus exister dans nos sociétés de nos jours. Chacun à des qualités et des défauts. On doit s'accepter dans la diversité avec nos couleurs de peau, nos religions, nos opinions et nos valeurs. Réprimander, violenter ou tuer un noir, un Arabe, un juif, un Kurde, un Rohingya, un blanc ou toute autre personne d'une autre communauté est inacceptable. Les sanctions doivent pleuvoir, les mesures doivent être prises pour condamner ces genres de pratiques et comportements dans toute l'humanité. Un jour viendra, on réfléchira, on aura honte, on regrettera, on aura les larmes aux yeux devant nos petits-enfants métis. Le monde mosaïque est le plus beau. Le monde cosmopolite est le meilleur. Le monde hybride sera en fin le plus souhaité, car l'avenir sera métis. Il ne sert à rien de perdre son temps à faire semblant d'être quelqu'un que l'on est pas. C'est à la fois une perde de temps et une bassesse. Assassiner un être humain à cause de sa couleur de peau est vraiment révoltant, injuste et presque impardonnable. La loi est faite pour sanctionner donc elle doit être appliquée à tout le monde sans aucune distinction. Mais elle ne doit pas être seulement appliquée quand il s'agit des autres ou quand ça nous arrange. La vie est une question de choix. Faut-il continuer sur le chemin de l'injustice, de l'insécurité, de la répression en faisant semblant de bien faire les choses en montant des scénarios montés de toute pièce pour culpabiliser les autres ? Ou bien au contraire il faut poser de vrais actes humanistes, des actes qui visent à promouvoir la paix et la sécurité, le développement de toutes les entités sociales dans le respect, la liberté, la cohésion et l'entente sociale sans jamais discriminer ni offenser qui que ce soit ? Criez pour que cette deuxième option soit choisie afin que nous puissions vivre dans une société arc-en-ciel paisible. Le changement c'est la vie. L'homme doit changer sa mentalité, il doit s'en passer de tout ce qui le rend faible et cupide, car il ne doit plus prendre en compte certaines considérations. Le monde a dépassé cette phase. Aussi puissant que l'on soit, assis dans l'ignorance, aussi nombreux que l'on soit, si on ne s'entend pas avec les autres, si on ne se comprend pas, si on ne s'accepte pas, la ruine est l'affaire d'un jour. On devait maximiser nos chances en exploitant les qualités de chacun et de tous pour un avenir meilleur. Compte tenu de la situation mondiale, une révolte, une crise et même une guerre sont inévitablement prévues. Les tensions partout à travers les continents, les crises par-ci et les manifestations par-là et les grands incendies sans oublier l'effondrement de l'économie mondiale puis la figurante augmentation de l'inflation et de la population. Toutes ces choses nous prouvent à suffisance les signes d'un problème planétaire. La crise sanitaire universelle, les nouvelles inventions de science et de la technologie sont les lourds défis auxquels l'être humain est appelé à relever pour éviter un troisième round mondial ou les grandes puissances vont jauger leurs capacités. L'intelligence artificielle et la 5G seront également au rendez-vous sur la table d'expérimentation. Néanmoins il y a une lueur d'espoir d'éviter à l'humanité cette autre apocalypse.

Chapitre 2
De la vie de la capitale

Arrivé à Gnakry dans la capitale, Mbo-ké ne connaît personne à part sa famille. Il ne comprend pas non plus la langue qui y est majoritairement parlée. Son tuteur qui devait s'occuper de son dossier de transfert n'a pas le temps. Il sort tôt le matin et rentre tard le soir. C'est la première déception de nouveau lycéen, car il restera trois mois à la maison sans jamais pouvoir aller à l'école. Pendant ce temps les enfants du frigoriste sont en train d'étudier et avec les cours de soir de Mbo-ké, ils ont de très bonnes notes. Il était excité par l'idée de porter sa nouvelle tenue scolaire. Tous les matins il se rendait au grand carrefour pour le plus souvent regarder les élèves passer. Ils étaient beaux dans leurs bleu-blancs et défilaient devant lui comme des professionnelles lors d'une élection miss. Quand le soleil sortait de sa coquille, les retardataires se dépêchaient, les plus en retard couraient comme des sapeurs-pompiers. Mbo-ké avait hâte de commencer les études puis de découvrir son nouvel établissement. Après tant de mois passés à la maison, un jour en décembre, il décida de se rendre lui-même au lycée de l'indépendance avec son dossier en main pour tenter d'être inscrit. Il se faufile entre les élèves et ils marchent ensemble jusqu'à destination. Devant la cour, des machines pour la photocopie y sont installées. À la rentrée au niveau du portail, un groupe de cinq élèves contrôlent la tenue vestimentaire, les coiffures et les chaussures des élèves avant de les laisser passer. La direction est tout près de la rentrée et le surveillant général a un œil sur tout ce qui s'y passe. Heureusement compte tenu du nombre pléthorique d'élèves, Mbo-ké parvient à se dissimuler entre eux et continu jusqu'au mat pour la montée des couleurs. Les élèves sont classés en trois groupes pédagogiques différents en fonction de leurs niveaux d'études. Ceux de la terminale sont moins nombreux là-bas à droite et les nouveaux lycéens les plus nombreux sont à gauche. C'est là que Mbo-ké demanda à un élève où se trouve le groupe des nouveaux lycéens ? Boban lui répondit que c'est là-bas à gauche. Vite la discussion est engagée entre les deux. Ils se présentent l'un et l'autre puis Mbo-ké lui demande ensuite ou se trouve les salles de classe pour les nouveaux ? Boban comprend tout de suite qu'il est nouveau dans ce lycée, il l'explique tout gentiment et lui propose même d'être dans la même salle de classe malgré le fait qu'il y a plusieurs autres élèves. La salle de classe se trouve au troisième étage et ils sont assis trois par table-banc. Quelques minutes après, une dame rentre, tout le monde se lève pour saluer, elle dit sans tarder bonjour et assoyez-vous. Il demande encore à Boban c'est qui cette dame ? Il lui répond en murmurant à ses oreilles : c'est la prof de chimie et il continue à dire on a une évaluation ce matin avec elle. Madame Sall demande aux élèves de déposer tous les cahiers et livres devant sur le bureau du professeur. Elle commence à distribuer les feuilles d'évaluation. Ensuite elle cherche à s'assurer que tous les documents ont été déposés pour éviter la tricherie lors de l'évaluation. En fin le sujet est déjà au tableau. Pendant que certains cherchent à copier, Mbo-ké lui cherche à bien comprendre le sujet qui portait sur les éléments du tableau périodique de Mendelev. Après une demi-heure, il a déjà fini de traiter le sujet. Lui qui vient juste d'arriver en plus c'est son tout premier jour au lycée. Il aide Boban et plusieurs autres à traiter le sujet. Les élèves étaient étonnés par sa rapidité et la véracité des réponses. Le temps pour lui d'aller déposer sa copie, le proviseur rentre dans la salle pour dénicher lui-même les intrus. Madame Sall est surprise par la qualité et la rapidité du travail de Mbo-ké, elle part bien refouiller pour voir s'il n'a pas triché. On ne connaît cet élève qui prend tout le monde à contre-pied. Elle tombe sur le dossier de transfert de l'adolescent et à la présence du proviseur qui avait dans sa main la liste des élèves légalement installés dans cette classe. Le nom de Mbo-ké n'y figurait naturellement pas. Il sera vidé de la classe avec trois autres élèves. Madame Sall plaide pour lui, car elle était vraiment séduite par le travail du nouvel élève. Mais le proviseur ne pouvait pas faire exception pour laisser un élève illégalement en classe. Néanmoins, il lui dit de l'attendre devant la direction. Après l'évaluation, Boban est très content, car il est persuadé qu'il va avoir un ami très intelligent. Le proviseur rentre avec lui dans son bureau, ouvre son dossier pour vérifier réellement s'il était admis au brevet. C'était bien vrai son admission. Il lui demande, mais pourquoi depuis tout ce temps tu n'es pas inscrit ? Mbo-ké lui explique tout clairement. Quand il termine, le proviseur lui propose de payer un montant pour être légalement inscrit dans son établissement. Vu le retard des trois mois déjà passés sans étudier, compte tenu de la situation et de la ferme détermination de Mbo-ké de poursuivre ses études, ses parents l'envoient de l'argent pour son inscription. Une semaine plus tard, il retourne au lycée. Mais cette fois-ci, après la montée des couleurs, il se dirige vers la direction. Le proviseur le reçoit dans son bureau, il sort l'enveloppe de son sac à dos et le remet au boss de l'école. Il vérifie bien et le compte est bon. Il divise l'argent en deux. Il met une partie dans sa poche et l'autre dans le dossier. Il demanda au jeune d'aller à la scolarité pour son inscription. Il lui dit quand on te demande dis que c'est moi qui t'ai envoyé. Dans la salle, il trouve d'autres élèves qui n'ont pas eu le brevet en train d'être inscrits par Mazo qui lui demanda s'il est là pour la même négociation. Il dit non que c'est le proviseur qui l'envoie, il se précipite pour récupérer son dossier puis vérifie. Il trouve que Mbo-ké a effectivement obtenu son brevet. Il compte l'argent et demande si c'est tout ? Mbo-ké répond affirmativement, car le proviseur l'avait interdit de parler autrement au risque de ne plus être inscrit dans son école. Mazo prend l'argent et le dossier puis demande à l'élève d'aller en classe. Mbo-ké est monté à l'étage pour rejoindre Boban, mais malheureusement il n'y a plus de place. La classe est débordée, les élèves sont assis à quatre par table-banc. Certains sont par terre assis sur leurs sacs et d'autres sont punis par le professeur, ils sont à genou à côté du tableau noir. Les Colombiens ne suivent pas bien les cours, ils bavardent et ne comprennent pas les explications du professeur. Mbo-ké est mal à l'aise. Le lendemain le censeur arrive et dit aux élèves qu'une nouvelle salle de classe est ouverte pour les derniers inscrits et pour ceux qui viendront plus tard. Mbo-ké doit partir, mais Boban ne veut pas se séparer de lui. Ils partent ensemble avec plusieurs autres élèves. Les évaluations se poursuivent et après la proclamation des résultats, Mbo-ké est parmi les cinq premiers de la classe malgré le fait qu'il n'avait pas suivi tous les cours dès le début de l'année scolaire. Il continua avec la meilleure des manières, il fait réviser les enfants de son oncle tous les soirs avant de revoir ses propres leçons. Il profite de son temps libre pour bien bosser, car il ne connaît pas grand monde pour les fréquentations amicales. Donc les cahiers et ses livres deviennent ses meilleurs amis. Mais au fil du temps Boban gagne une place et devient son ami proche partout à l'école comme à la maison. La vie de la capitale est très différente de celle du village. Les gens n'ont pas de temps à perdre, tout le monde est occupé, chacun vague à ses occupations, s'occupe de ses affaires et s'enfiche des problèmes ou des ressentis des autres. Il n'y a pas de solidarité, de compassion ni de pitié. Tous les jours les femmes se lèvent très tôt à l'aube pour aller suivre les pratiques habituelles qui se résument à l'accomplissement de la mission de Sisyphe. Elles cherchent quelque chose à mettre dans la marmite pour nourrir les enfants. Certaines sont des fumeuses de poissons, d'autres des vendeuses de condiments, ainsi de suite. Elles sont braves, battantes et soucieuses. Elles sont la plupart des analphabètes, mais très courageuses et leurs seuls espoirs c'est leurs enfants.

Dans la capitale les infrastructures, le nombre incalculable des véhicules ont été les premières remarques de Mbo-ké. Ensuite l'ambiance et le sport sont très différents de ceux du village. La politesse et la bonne éducation sont également très différentes. Il décide alors de n'avoir pour ami que celui qui est né ou grandit au village pour ne pas être désorienté et déraciné. La plupart des cadres du pays sont venus des villages. Peu sont les dirigeants qui sont nés et ont grandi à Gnakry. Ça tombe bien, car Boban son ami est venu d'un village appelé Kolissoko. Lui-même, s'il a fait plus de cinq ans dans la capitale, à chaque vacance, il se rend dans son village. Il garde encore les valeurs traditionnelles en lui. Les jeunes de la capitale sont souvent malpolis et ne prennent pas les études au sérieux pour la plupart. Ils sont plus préoccupés par le football, la danse, les filles, les pari-foot, etc. Les plus âgés passent leurs temps dans le café à raconter du n'importe quoi à longueur des journées. Dans cet endroit ils peuvent te renseigner de ce qui se passe aux USA, en France bref dans les quatre coins du globe terrestre. Ils jouent aux dames et au PMU. Ils enceintent les filles sans jamais reconnaître l'enfant et l'alcool est devenu l'ami inséparable de certains. Leurs préoccupations majeures c'est comment gagner aux jeux de hasard. Ou bien comment faire pour coucher avec la plus belle fille du quartier. Voilà certains motifs qui ont poussé Mbo-ké à se démarquer d'eux. Il a des points en commun avec son ami Boban et cela les rapproche encore un peu plus. Ils ont les mêmes objectifs, ne fument pas et n'aiment l'alcool. Quelques mois plus tard, il va avoir un nouvel ami qui s'appelle Tafsir qui lui aussi est venu d'un autre village. Après la mort de sa mère, il ne pouvait plus supporter l'injustice, le traitement inhumain et la mauvaise foi de sa marâtre. Les jeunes forment rapidement un trio solide et après l'école ils se rendaient toujours à Harlem le salon de coiffure de Tafsir. Les soirs parfois ils partaient au bord de la mer pour réviser leurs leçons. Quelques fois ils vont devant le palais présidentiel Sekoutoureayah, car l'électricité est une perle rare, un diamant qui n'est pas à la portée de tout le monde. L'électricité est un luxe dans ce pays, elle est très précieuse donc seuls quelques-uns peuvent s'en procurer. Ils continuent à tourner entre l'école, Harlem et les lieux de révisions. Pendant les compositions ils abordent les sujets sans difficulté majeure et sont tous bien classés après l'affichage des résultats. Cette fois-ci Mbo-ké est deuxième de sa classe. L'enseignement est bafoué, le niveau des élèves est très bas. Certains professeurs proposent des notes aux filles en échange d'un moment de jambe à l'air. Pour d'autres ce sont les filles mêmes qui se proposent pour avoir de bonnes notes. Les notes sexuellement transmissibles sont de nos jours monnaie courante partout à travers le pays et cela à tous les niveaux : du primaire à l'université. Comment voulez-vous que les enfants aient le niveau élevé souhaité si les formateurs ne sont pas bien formés ? Comment voulez-vous que les niveaux soient élevés s'il n'y a pas de lumière pour apprendre ses leçons ? Comment voulez-vous que les élèves soient correctes si la corruption est ancrée dans le sang des administrateurs de la tête aux pieds et sur toute l'étendue du territoire ? Comment les jeunes peuvent rester sans voler si à la maison on les apprend que la chèvre broute là où elle est attachée ? Comment une fille affamée peut résister face à l'argent, aux objets luxueux, aux grosses voitures si à la maison on l'a qualifié de vaurienne parce qu'elle est sérieuse ? La mentalité des gens est figée sur l'hypothèse que la majorité a toujours raison. Qu'il ne vaut en rien d'être sérieux, digne et honnête. Qu'il suffit juste d'être riche ou d'avoir une certaine autorité sur les autres. La médiocrité a beaucoup trop profité aux fainéants dans ce pays au point qu'on a l'impression de prendre le normal pour l'anormale. Pour remédier à cet égarement national et général, il va falloir couper le cordon avec les mauvais comportements et agissements à la source même. Conscientiser la jeunesse en posant des actes exemplaires corrects et pérennes loin d'être juste un feu de paille. Avoir le patriotisme au cœur ainsi que la volonté de faire quelque chose de bien pour les futures générations, car la nôtre est bien foutue. Il faut nécessairement, voire impérativement faire quelque chose de positif pour les innocents et pauvres citoyens lambda qui n'ont que leurs yeux pour pleurer. Les ressources tant vantées existent-elles vraiment ou bien c'est juste un simple conte de fées ? Parce que le bas peuple ne sent aucun changement sur son panier.

Dans la capitale Mbo-ké s'adapte peu à peu à la nouvelle vie. Il ne peut pas tout seul lutter contre un fléau national qui a déjà gagné du terrain, des mentalités et des cœurs de presque tout le monde. Il fait des efforts et cherche à conscientiser ses proches, mais il réalise qu'il sera difficile de convaincre les convaincus du mal et certains sont déjà contaminés depuis des décennies et d'autres se moquent même de lui et de toute personne qui essayent de bien vouloir faire les choses.

Après la proclamation des résultats, Mbo-ké se rend au village pour les vacances ainsi que son ami Boban. Mais Tafsir lui continue la coiffure à Harlem, car il est impossible pour lui de se rendre à Labé après la mort de sa mère. À Kolon Mbo-ké comme à son habitude participe aux travaux champêtres et aide ses parents partout ou besoin s'y trouve. Quelques semaines plus tard, Kadhafi, son oncle, arrive à son tour au village. Étonné par cet imprévu et brusque déplacement de son tuteur, Mbo-ké demande à son père s'il connaît les raisons de la venue de son oncle. On l'apprend que c'est pour un mariage. En vérité Kadhafi doit épouser une deuxième femme. Une petite fille d'environs 16 ans qui fréquente la même école que la petite sœur de Mbo-ké. Elles font la même classe d'ailleurs. C'est une gamine en réalité. L'affaire de mariage était déjà conclue entre les familles avant même que le citadin et la fille ne se voient. La majeure partie de la famille n'était également pas au courant. À trois jours de la date du mariage, Lazé ne se doutant pas de qui l'attend à Gnakry et sous la pression de ses parents elle accepte d'abandonner l'école. Une mineure est mariée de force à un homme de la cinquantaine. Le mariage est célébré et les deux mariés rentrent ensemble à Gnakry sans dire quoi que ce soit à Karaba la première femme. Lazé pensait comme toutes les filles du village de son âge que la capitale était un paradis sur terre. Que c'est un vrai eldorado, que Gnakry c'est « petit Paris » en question. Elle était donc excitée par l'idée de découvrir la ville. Le lieu d'habitation de son époux a beaucoup pesé dans le choix de ses parents ainsi que de la sienne. Si c'était un campagnard qui avait demandé sa main, ses parents allaient tout de suite refuser au prétexte qu'elle étudie d'abord surtout s'il s'agit d'un pauvre paysan. Pour ses parents une telle occasion ça ne se refuse pas, car elle n'arrive pas deux fois dans la vie. Kadhafi a déjà divorcé de sa toute première femme sans raison valable pour épouser Karaba qui a déjà été marié à 4 reprises par le passé. La toute première femme lui a fait trois enfants. Il vit avec sa deuxième femme et vient juste d'épouser une troisième. Pour eux vivre avec un homme qui habite la ville ne pose aucun problème même s'il a déjà trois femmes. Et ce sans s'interroger dans quelles conditions vivent réellement les gens dans la capitale.

Mbo-ké après les vacances revient à Gnakry pour ses études. Mais il n'a plus où dormir, car au salon où il dormait est désormais occupé. Son tuteur vit maintenant avec deux femmes dans un logement d'une chambre et un salon. Les deux coépouses doivent impérativement accepter de partager le même lit à tour de rôle. Chacune d'entre elles a deux nuits successives à passer avec son chéri dans la chambre et l'autre doit fermer les yeux puis venir passer les deux nuits avec les enfants au salon sur les fauteuils en attendant son prochain tour. Quelques semaines plus tard, les problèmes commencèrent, car les deux coépouses ne sont pas de la même génération, de la même ethnie, ni la même religion. Mais même si elles avaient les mêmes âges approximativement, étaient issues de la même ethnie et de la même religion, qui accepterait de partager son lit avec quelqu'un d'autre à chaque deux jours ? La première femme est très âgée, orgueilleuse, arrogante et égoïste. Elle est à son cinquième mariage et est prête à tout pour le conserver. Mais elle n'aime pas les membres de la famille de son mari. Elle ne comprend pas la langue de sa coépouse. Quand celle-ci dialogue avec leur chéri, elle pense qu'ils sont en train de lui diffamer. Elle s'énerve et commence à insulter. D'ailleurs elle ne veut plus partager son lit avec une fille qui a l'âge de ses enfants. La deuxième femme très jeune, séduisante, semble être la préférée de Kadhafi, car qu'on le dise ou pas, on ne peut pas aimer équitablement deux femmes de la même manière sans jamais balancer dans un camp au moins de la valeur d'un atome. C'est un simple mur qui sépare la chambre du salon. Donc du coup, la nuit les enfants et l'autre femme restés au salon peuvent savoir tout ce qui se passe dans la chambre, car ils entendent les gémissements avant de dormir. Kadhafi reçoit un avertissement de la concessionnaire après la première grande bagarre qui a éclaté entre les deux femmes pour cause d'écouter les conversations entre elle et son mari la nuit. Le calvaire commence pour Mbo-ké, car il est obligé d'aller passer la nuit dans le salon de coiffure Harlem. Mais la toiture de Harlem est tout sauf bonne. Ce sont des briques et pierres qui sont posées sur les tôles pour pouvoir tenir face au vent et aux intempéries. Quand il pleut la nuit, c'est comme si on était dehors.

Le foyer de Kadhafi est devenu un véritable enfer, car les palabres n'en finissent plus. C'est vraiment inquiétant de part et d'autre. La première femme a un plan pour rester tranquillement seule chez son mari. Elle porte plainte contre son mari pour violence conjugale et d'avoir épousé une deuxième femme. Vu que théoriquement la polygamie est interdite, mais dans la pratique même le juge a plusieurs femmes. Elle passe par sa grande sœur qui sort avec un commissaire dans une autre commune de la capitale. Les matins Mbo-ké vient prendre une douche et un café à la maison avant de partir à l'école. Mais ce jour-là à son arrivée, il trouve une foule dans la cour. Certaines devant la maison et d'autres au salon même en train d'insulter Kadhafi, sa femme et ses parents comme elles peuvent. Ce sont les amies de Karaba et toutes les autres vendeuses de poissons du marché qui sont venues supporter leur mentor. Elles étaient prévenues et préparées à temps. La police arrive au petit matin avec une convocation, ils étaient au nombre de trois dans un pic up noir. Ils donnent la lettre à Kadhafi qui ne sait lire ni écrire une phrase. Mbo-ké la prend et lit à haute voix, ses mains tremblent ainsi que sa voix. Les policiers exigent de partir avec le polygame. Ils agissent comme s'ils avaient un mandat d'amener. Ils ne connaissent pas leurs droits à plus forte raison pour autrui. L'un d'entre eux sort des menottes pour les lui mettre, mais l'autre, le plus clément et compréhensif appelle au calme et à la patience. Kadhafi n'a pas le temps de finir de se raser la barbe et sous la pression de la police ainsi que celle des femmes venues du marché. Il est obligé de les suivre. Mbo-ké avec sa tenue d'école emboîte les pas de son oncle, puis Lazé qui est déjà enceinte de son tout premier geste les poursuit. La concessionnaire n'a pas pu convaincre les policiers qui n'arrêtaient de dire : mon commandant m'a dit de ne pas le laisser ici. Mon commandant m'a dit de venir avec lui. Arrivé au carrefour ou est garé le pic up noir, un policier monte en premier ensuite ils poussent Kadhafi dedans et autre monte. Le dernier à monter devient le chauffeur. Mbo-ké veut monter, mais on l'empêche. L'un d'entre eux l'autorise à s'embarquer à l'arrière. Lazé aussi en larmes veut aller avec son chéri, mais il n'est pas question de monter dans le véhicule, dit le policier. Elle se bat de toute sa force, mais en vain et à la fin un flic qui est déjà descendu du pic up lui tape avec le bout de fusil. Elle est mal cognée et tombe gravement sur son dos. Elle perdra plus tard son enfant suite à ce violent coup qu'elle a reçu. Néanmoins elle n'abdique pas et emprunte un taxi pour poursuivre le pic up. En cours de route un policier dit en s'adressant à Kadhafi « tu prends une villageoise pour venir l'imposer sur la première femme sans jamais l'avertir et tu penses t'en tirer facilement en faisant le petit malin ? Tu verras quand on arrivera au commissariat. Regardez-moi des chenapans comme ça ». Mbo-ké rétorque en disant « vous n'avez pas le droit de l'insulter ni de le frapper comme vous l'avez fait au moment du départ et surtout vous devriez pas toucher cette femme enceinte ". Ils continuèrent leur chemin et arrivé devant le commissariat ils trouvent Tim Dollar la sœur aînée de Karaba qui était arrêtée avec le commissaire. Elle montre Kadhafi du doigt en disant « voilà c'est lui, le fainéant qui veut créer des problèmes à ma sœur dans son foyer. Fais ton travail afin que ma sœur ait la paix du cœur dans sa vie ». Ils rentrent au commissariat, Karaba continue toujours d'insulter, elle est insaisissable et offense même Mbo-ké qu'elle qualifie d'être complice et du côté de sa coépouse. Quelques minutes après le commissaire sort d'un autre bureau avec un document en main. Il s'assoit et fait asseoir les belligérants. Il commence à poser des questions à Kadhafi. Les lunettes posées sur son gros nez avec une mine serrée comme jamais, mais il ne posa aucune question à Karaba. Mbo-ké qui est arrêté juste derrière son oncle répond parfois aux interrogations du commissaire pour diminuer le joug des questions sur les épaules et sur la tête de son celui-ci. Soudain Lazé arrive et prend place à côté de son époux, Karaba très remontée regarde sa coépouse comme un taureau furieux devant un tissu rouge. Elle ne veut plus voir celle-là. Les policiers sont là derrière les gens en train de suivre le comportement de leur patron. Les questions continuent de pleuvoir sur Kadhafi comme la neige d'hiver. Karaba continue toujours les injures, même en présence des autorités. Mbo-ké prend la parole sans permission pour dénoncer les agissements du commissaire en le demandant de poser des questions des questions aux deux belligérants avant de prendre une décision unilatérale. Il continua à dire que ce n'est pas juste si c'est seulement au Monsieur qu'on pose des questions pendant que la dame continue toujours d'injurier et sa grande sœur qui est assise à côté du commissaire en train de lui souffler des choses à l'oreille. Le commissaire donne un ultimatum à Mbo-ké de ne plus jamais l'interrompre, de ne plus jamais se mêler de cette histoire en répondant aux questions à la place de Kadhafi qui est convoqué. Il demande ou bien c'est Mbo-ké qui est convoqué ? Il dit cela d'un ton ferme avant de continuer son interrogatoire. Une dizaine de minutes plus tard, une policière fait signe à Mbo-ké d'un signe de ses yeux. Les deux se retrouvent dehors et la policière lui dit : « Si tu vois toute cette injustice, cette mascarade, ce jugement partisan c'est parce que tout simplement le commissaire sort avec Tim Dollar la grande sœur de Karaba. C'est sa copine, ici tout le monde le sait et elle veut un dénouement favorable pour sa sœur. Il a refusé mes avances pour sortir avec cette grosse pétasse, mais ne dit rien à personne d'accord ? je te le dis juste pour t'aider à te préparer à payer un montant pour la libération de ton oncle, car il sera forcément enfermé comme tant d'autres par le passé. » Ils retournent dans la salle l'un après l'autre et ils tombent sur la partie où le commissaire ordonne à Kadhafi de se déshabiller avant de rentrer dans sa cellule de prison. Mbo-ké se précipite pour prendre le téléphone portable de son oncle ainsi que sa montre. Lazé la deuxième femme pleur et décide d'être avec son mari partout où il sera et dans toutes les circonstances et conditions y compris la prison. Karaba étant satisfaite du verdict, elle éclate de rire avec sa sœur et Mbo-ké qui n'était pas d'accord, sort de la salle en courant, car on voulait l'enfermer lui aussi pour ses agissements. Il va dans le stade qui se trouve juste à quelques mètres du commissariat et profite du calme matinal qui règne dans la cour pour appeler ses parents du village ainsi que les ressortissants se trouvant dans la capitale. L'écho est propagé et tout le monde est déjà au courant de la situation. Kadhafi et sa femme Lazé sont enfermés dans une cellule sombre, sale et nauséabonde. Deux jours sont déjà passés, ils sont toujours enfermés et Karaba n'est jamais revenu voir l'état de son époux ainsi que ses conditions de détention ou même l'apporter à manger. Le troisième jour à midi, le commissaire lui-même étonné par le silence cimetière de Karaba, décide de trouver une solution. Il l'appelle, le téléphone sonne, mais personne ne répond. Après plusieurs tentatives sans succès, le commissaire n'a pas abdiqué et il tente une dernière fois dans l'après-midi. Cette fois-ci c'est la bonne. La femme décroche et dit au commissaire qu'il s'est trompé de numéro, que ce n'est pas elle qui est Karaba pourtant c'était bien elle qui avait donné son numéro au commissaire. Pourtant la voix était belle et bien celle de Karaba. Elle voulait faire payer très cher Kadhafi voilà pourquoi elle faisait semblant de ne pas reconnaître le commissaire au téléphone. Il lui dit avec fermeté si tu ne viens pas je vais relâcher ton mari puisque tu n'es plus revenu ici depuis trois jours maintenant. Même si c'était un animal que tu avais attaché ici, tu devais venir l'apporter au moins à boire. C'est après ces déclarations que Karaba dit qu'elle va venir plus tard. Mais en réalité elle n'est jamais revenue au commissariat. Comme Mbo-ké avait prévenu toute la grande famille, l'homonyme du fils de Kadhafi, monsieur Sayon, va venir en aide à ce dernier. Il vient avec Mbo-ké dans sa voiture et trouve le commissaire dehors. Il salut, se présente et explique le motif de sa venue. Vu son habillement, son langage et la qualité de sa voiture, le commissaire comprend vite que c'est un grand Monsieur, une grande personnalité. Il l'invite dans son bureau pour poursuivre le dialogue là-bas.

Dans ce pays on te respecte que si tu es riche, si tu as un parent bien placé dans l'administration ou quelqu'un de ta famille à l'étranger. Ou encore si tu as un proche dans l'armée ou quelqu'un de renommé, de très connu peu importe son emplacement. Sinon mon frère, ma sœur tu n'es rien et tu ne mérites aucun respect ni aucune considération.

Le commissaire demande respectueusement à Monsieur Sayon de prendre place. Il dit qu'il est là pour négocier la libération de Kadhafi. Il sort une enveloppe de son sac et fait passer sous la table. Il la récupère en regardant dans le vide et fait semblant comme si de rien n'était. Il dit ensuite à l'un de ses policiers de faire venir Kadhafi et sa femme. À son arrivée, il était étonné de voir Monsieur Sayon qui ne l'adressait plus la parole depuis plus de 10 ans à cause de son divorce inexplicable avec sa toute première femme et meilleure femme. Marie a un bon cœur et ne peut faire mal à une mouche. Elle était devenue presque folle après le divorce, car elle aimait Kadhafi de tout son cœur. Elle l'aimait, lui, ses amis et toute sa grande famille. Honnêtement c'est l'une des formidables personnes que Mbo-ké avait côtoyées lors de ses toutes premières vacances dans la capitale. Elle est gentille et humaniste, mais très malheureusement sa bonté a été la cause de son malheur. Karaba et Marie étaient des amies d'enfance et se connaissent parfaitement bien, mais cela n'a pas empêché Karaba de marabouter Kadhafi pour qu'il demande le divorce. Marie, ne voulant pas payer le mal par le mal, n'a que ses yeux pour pleurer.

Le commissaire ordonne à ses policiers de redonner des vêtements à Kadhafi et demande à l'un d'entre eux de préparer son dossier de sortie. Quand Kadhafi entend cela, il comprend que sa caution a été payée. Il remercie Monsieur Sayon et commence à porter ses habits. Sa femme Lazé également porte son foulard et ramasse les bols dans lesquels ils avaient mangé le lafidi. Le commissaire demande à Kadhafi de rentrer chez lui. Il fait le mec gentil et innocent juste parce qu'il a reçu le pognon, sinon il ne lui souriait jamais auparavant. Lazé chuchote en disant de toutes les façons tu n'as plus le choix en s'adressant au commissaire. Les amis, les connaissances et les parents étaient dehors à attendre impatiemment. Monsieur Sayon demande à tout le monde de se retrouver à son domicile pour prendre une décision importante. Mais Kadhafi doit passer se laver avec sa femme à la mer pour selon eux se débarrasser de la poisse. Quand ils arrivèrent à la maison, il faisait déjà nuit. La réunion de famille n'a pas tardé à commencer et Monsieur Sayon demande à Kadhafi de trouver des logements différents pour séparer les deux femmes dans cet endroit de chambre et salon. Les décisions doivent être prises, les autres parents de Kadhafi se trouvant au village lui demandent de divorcer avec Karaba. Mais il refuse catégoriquement. Ils lui demandent alors de choisir entre sa femme et toute sa grande famille au complet. Il choisit sa femme et la famille est abasourdie par cette décision. Kadhafi n'avait pas les moyens de prendre un autre logement, il décide d'aller dormir dans une petite pièce qu'il appelle boutique. Il y passe les nuits avec sa femme Lazé, pendant ce temps, Karaba reste seule à la maison avec les enfants. Elle a réussi à faire partir Lazé de la maison, mais elle ne s'attendait pas à être toute seule la nuit sans son mari à ses côtés. La famille n'adresse plus la parole à Kadhafi ni à Karaba. Les évènements ont très mal impacté Mbo-ké qui lui aussi ne parle plus à Karaba. Si tu vois Mbo-ké à la maison, c'est soit pour se laver ou soit pour prendre ses effets scolaires. Il rentre sans jamais adresser la parole à quelqu'un à plus forte raison de manger la nourriture de cette cruelle et redoutable dame. Pendant tout ce temps, Lazé qui est enceinte passe mal les nuits sur un congélateur dans cette piécette de boutique. C'est très restreint et deux personnes ne peuvent dormir ensemble par terre sur la natte. Tantôt c'est Lazé qui passe la nuit sur le congélateur, parfois c'est Kadhafi, car il fait froid sur la natte. La boutique est située juste à quelques centimètres de la rentrée du port de Boulbinet. Kadhafi profite des bénéfices sur la vente des sardines, cigarettes, allumettes, et les autres petites choses qu'il vend pour s'acheter à manger pour lui ainsi que pour sa femme enceinte. Mbo-ké après l'école se rend toujours à la boutique pour voir l'état de santé de son oncle qui ne cessait de déprimer. Celui-ci l'obligeait toujours d'aller manger chez Karaba avec qui il ne parle plus depuis des mois. Mbo-ké est abandonné à lui-même et compte tenu de la situation, il veut arrêter l'école. Il va au port de Boulbinet qui n'est pas loin pour transporter des colis. Deux semaines sont déjà passées et il ne part plus à l'école. Il passe toute la journée à transporter des bagages, des kilos de poissons pour des vendeuses contre quelques billets ou pièces d'argent. Le soir il part se coucher à Harlem le salon de coiffure de son ami. Au début de la troisième semaine, monsieur Adrien, son professeur de littérature, demande à ses amis Boban et Tafsir où est passé Mbo-ké ? Pourquoi il ne vient plus en classe ? Ils l'expliquent clairement la situation et il décide d'aller parler à son meilleur élève qu'il suppose être son disciple. Il part avec les deux amis de Mbo-ké au port pour le chercher. Ils le trouvent très occupé et trempé. Il était très surpris de voir son prof là-bas avec ses amis. Il voulait fuir pour se cacher d'eux, mais c'est trop tard, car ils sont déjà trop proches. Ils partent s'asseoir là où il n'y a pas de bruit, là-bas loin au bord de la mer. Ils contemplent ensemble le mouvement des vagues un instant avant de commencer les choses sérieuses. Monsieur Adrien commence à lui poser des questions comme : pourquoi tu fais ça ? Pourquoi tu ne viens plus en classe ? Mbo-ké commence les explications par le début des évènements jusqu'à la fin. Il affirme avoir passé plusieurs jours devant les boutiques et magasins pour demander du travail. Il a voulu pousser un chariot, mais il n'a pas trouvé quelqu'un qui lui fait confiance vu sa petite et faible corpulence. Quelqu'une qui en avait marre de le voir errer lui a conseillé de descendre au port et se battre comme un vrai homme pour chercher pour lui-même. C'est ainsi qu'il a décider d'abandonner les études pour descendre se chercher au port comme les autres jeunes. Il n'avait rien à manger et était obligé de faire cela. Monsieur Adrien lui demande de revenir en classe qu'ils vont trouver une solution. Le top élève qui était lion en classe était devenu une simple taupe au port. Le lendemain il se rend à l'école et tout le monde était content de son retour. Certains étaient très inquiets pour lui, mais d'autres s'enfichaient. Le prof forme un groupe de révisions et demande à Mbo-ké de dispenser deux matières à savoir : la littérature et la philosophie. L'argent qu'il obtenait lui permettait de subvenir à ses besoins. Ensuite il devenait encore plus proche et admiratif de Monsieur Adrien qui l'assistait au début pour préparer ses leçons. Le groupe de révision qu'ils appellent « le temple du savoir » connaît un grand succès et le nombre d'inscriptions augmente du jour au lendemain. Tous les élèves qui suivent régulièrement les cours de révisions au temple du savoir n'ont aucun problème d'aborder les épreuves et la plus grande partie est bien classée après la proclamation des résultats. C'est là que Mbo-ké commence à être indépendant et responsable, car il va parfois envoyer de l'argent à ses parents au village pour inscrire ses frères à l'école ou pour les dépanner sur les dépenses. Quelques semaines sont déjà passées et Mbo-ké se sent très à l'aise, mais la situation de son oncle se complique davantage. Karaba a de nouveau porté plainte contre époux pour abandon et non prise en charge des enfants. Cette fois-ci c'est à la DPJ que l'affaire est transmise. Comme à son habitude, Mbo-ké après l'école se rend à la boutique pour prendre des nouvelles de son oncle ainsi celles de sa femme Lazé qui était en état de famille. À sa grande surprise, on l'apprend que son oncle est détenu à la Direction de la Police judiciaire ou il est obligé de reconnaître la vérité. Du coup il doit payer un montant colossal en arrangement pour obtenir sa liberté. Mbo-ké retourne à la boutique pour chercher l'argent demandé. La somme n'est pas au complet, mais il emprunte de l'argent aux voisins pour aller faire sortir son oncle du gnouf. Il revient à la DPJ en courant et Lazé qui était fatigué par sa grossesse demande à Mbo-ké de l'attendre et d'aller moins vite, car elle veut en témoigner de par ses propres yeux. Arrivé sur le lieu, il paye la rançon demandée et le commissaire lui dit de rentrer à la maison, que son oncle va le rejoindre dans quelques instants. Il avait l'air d'être quelqu'un de sérieux et Mbo-ké lui fait confiance. Il retourne à la boutique et selon Lazé, on a dit à Kadhafi de prendre soin de sa femme ainsi que ses enfants. Ensuite, on le met en garde que si une autre plainte est portée contre lui prochainement il sera déféré à la maison centrale autrement appelée sûreté. Le commissaire a lui-même deux femmes. Comment peut-il interdire la polygamie aux autres ? La loi et la religion sont en perpétuel conflit dans ce pays comme dans plusieurs autres. Le législateur propose des choses qu'il ne pourrait lui-même pas supporter ; juste parce qu'il est écrit ainsi dans les textes de loi des autres pays. On fait du copier-coller pour embellir les choses dont l'applicabilité est tout un autre problème ! Pourtant si on ne respecte pas la loi, si on n'applique pas la loi dans sa rigueur, comment pourrons-nous vivre en paix dans une société ?

Au petit soir avant l'appel à la prière de Maghreb, on voit de loin Kadhafi venir. Lazé qui ne quittait ses yeux de la route l'a vu en premier. Il marche avec des chaussures trouées qui frappent le sol comme une patte d'éléphant. Il rentre dans la boutique sans saluer personne et baisse son regard pour ne pas croiser ceux des autres. Il avait vraiment très honte. Malgré tout, certains sont venus lui demander comment ça s'était passé à la DPJ ? Contraint de revenir passer les nuits avec Karaba à la maison où il avait été humilié par les femmes du marché et les policiers. Il répond juste aux visiteurs qu'il s'en est bien sorti. Après le départ des autres, Lazé veut avoir des explications claires et nettes. Il dit sans faire trop de commentaires qu'il est obligé de revenir à la maison si non qu'il risque le pire. Sachant bien ce qui l'attend là-bas, Lazé ne veut pas y retourner. Mais Kadhafi cherche à lui convaincre qu'il n'y aura pas de problème. Il pense ensuite au cas financier et il a un plan pour s'en sortir et se relancer. Étant frigoriste et possède plusieurs congélateurs, il fait asseoir Mbo-ké et son fils Sayon pour dicter les nouvelles mesures. Chacun d'eux est désormais obligé d'attacher de l'eau dans les petits sachets plastiques pour mettre au congélateur. Remplir trois congélateurs au moins par jour. L'eau attachée sera transformée en glace puis sera vendue aux vendeuses de poissons. Celui qui refuse cela sera tout simplement renvoyé au village. Il faisait allusion à Mbo-ké, car il ne va jamais songer envoyer son propre fils adoré au village. Donc il faut faire un choix et prendre une décision. Mbo-ké, ne voulant pas abandonner ses études, est contraint d'accepter la nouvelle mesure. Il commence le travail de son oncle sans se douter que cela va fortement impacter ses études. Il doit remplir les congélateurs deux fois par semaine. Même s'il a des devoirs, exposés ou des évaluations à faire. Il doit obligatoirement le faire et sous aucun prétexte il ne doit rater le programme établi par Kadhafi qui ne vise rien d'autre que son butin. Après l'école si Mbo-ké tarde à arriver de cinq minutes, ses parents sont automatiquement appelés et pris en témoin que leur fils ne l'aide en rien dans cette capitale, et ce malgré les difficultés qu'il traverse. Mbo-ké est qualifié de tous les noms d'oiseaux. Ni la pluie ni le soleil et même la maladie ne peuvent empêcher son travail. Quand quelqu'un tombe malade, Kadhafi et Karaba disent que l'intéressé fait semblant d'être souffrant juste pour ne pas faire son travail. Il prend goût d'avoir de l'argent sur la sueur des enfants. Il les exploite sans rien faire pour eux ni même les soigner quand ils tombent malades à plus forte raison de les vêtir. Les enfants sont abandonnés à eux-mêmes, on pense à eux seulement quand il s'agit du boulot et rien de plus. Il remplit bien sa boutique, achète une nouvelle moto TVS, une grande télévision Samsung et enfin des instruments de musique pour se divertir. Il venait pourtant de refuser d'aider Mbo-ké une semaine plutôt sous prétexte qu'il n'a pas d'argent. Mbo-ké était admis par campus France pour l'institut supérieur ESCA de Montpellier. Il a financé tout ce qu'il avait, tout ce qu'il pouvait avec l'aide de ses parents du village. Finalement il n'avait que ses yeux pour pleurer car son oncle qui devrait être là pour le soutenir, l'aider dans ses démarches et être le garant au niveau des partenaires, était tout le contraire et le décourageait même pour se battre pour la réussite de son voyage pour des raisons qu'il ignore.

Les congélateurs sont cadenassés justes après les travaux et les clefs remises au grand Kadhafi pour ne pas que les jeunes profitent vendre derrière lui un centime des glaces qu'ils ont pourtant attachées durement. Quelques jours après, il demande à Lazé de préparer ses affaires pour revenir à la maison. Elle n'est pas d'accord, car elle sait pertinemment ce qui l'attend là-bas. En plus les regards des voisins et la relation avec Karaba ne sont à minimiser. Mais après tout et avec l'implication et les conseils de ses parents, Lazé accepte de revenir à la maison. Les deux femmes se regardent en chasseur-gibier. Karaba met en application son plan B pour chasser sa coépouse du foyer parce que le plan A n'a pas totalement bien fonctionné comme elle l'aurait prévu. La nouvelle solution consiste à faire marabouter son époux afin qu'il se débarrasse de Lazé lui-même comme il l'avait fait avec Marie auparavant. Cette alternative est bien redoutable et il faut craindre, car c'est par elle que Karaba est passée pour faire divorcer Kadhafi de sa toute première femme, la mère de Sayon, de Diza et de Satou. Voilà pourquoi la famille de Kadhafi n'aime pas Karaba. Il avait pris d'un seul coup la décision sans aucune raison de se séparer de Marie, la formidable femme est jusqu'à présent appréciée et aimée par toute la grande famille. C'est elle de loin la préférée de la famille. Personne ne l'a déteste, elle n'aime pas les histoires, elle aime et respecte tout le monde. Elle aimait son mari, les amis de celui-ci et toute bonne personne qu'elle voyait derrière lui. Elle faisait tout possible pour unir la famille en cas de dispute. Après son incompréhensible divorce, la famille a tout fait pour les réconcilier, mais hélas Kadhafi était catégorique. Même Mbo-ké et Sayon ont tenté de les unir dernièrement, mais en vain. La famille a alors cotisé un montant considérable pour Marie pour lui permettre de relancer son commerce et s'approcher de ses enfants qui étaient presque détournés par Karaba. Marie ne pouvant pas supporter voir ses propres enfants être utilisés, exploités et maltraités par cette méchante Karaba, elle ne cessait d'errer entre Kamsar, Boké et Bissau. Le plus mal dans toute cette histoire est qu'aucune association ou l'État ne fait quelque chose pour punir ces genres de choses. Mbo-ké lui était dépassé par les évènements et ne savait plus quoi faire. Il se consacre à ses études et aux travaux de Kadhafi.

L'homme noir : très fort et plus résistant, mais plus fou et plus cruel. Il est très hospitalier, mais hypocrite. Il aime danser sans jamais penser à son futur. Il peut travailler sans jamais épargner en disant que Dieu va venir au secours demain. L'homme noir a été, est et sera toujours repoussé, rejeté et maltraité en Amérique, en Europe, en Asie, sur sa propre terre en Afrique et partout d'ailleurs. Il est utilisé dans certaines contrées comme animal à cause de sa capacité et de son endurance de travail. D'un autre côté, il est réduit en esclave sexuel en Libye, au Maroc, au Koweït et ailleurs. Pourquoi l'homme noir est toujours en retard pendant qu'il a tout chez lui comme : matières premières, bras valides, main-d'œuvre abondante et toutes les autres ressources ? Il a le cap de bonne espérance en la matière d'ailleurs. Mais pourquoi l'homme noir est incompris et violenté partout et à tout moment ? Quand est-ce que cela va s'arrêter : dans un an ? une décennie ? Un siècle ? Je dis non, ça ne doit pas attendre demain ni après-demain. Le changement c'est maintenant. Parce qu'on ne doit pas vivre dans les lueurs d'espoirs perpétuels de changement. Pourquoi l'homme noir ne connaît le moindre réconfort pour rester tranquille chez lui ? Dieu s'est-il trompé en créant le noir ? Les modifications des constitutions pour se maintenir au pouvoir sont-elles un cancer incurable chez l'homme noir ? Pourquoi les institutions africaines sont aussi faibles que minables et se plient très vite aux désirs et à la volonté des « présidents fondateurs » ? Dans cet état des faits, je suis abasourdi et du coup je me demande souvent comment sortir des affres, de la terreur, des maux qui asseyent les pauvres populations ? Tous les autres continents ont connu des avancées significatives excepté celui de l'homme noir ? Qu'on ne me parle pas de l'esclavage ou de la colonisation, car plusieurs pays asiatiques et latino-américains ont connu égal ou pire que les Africains, mais aujourd'hui ils sont très flamboyants. Même au sein du continent mère, le Maghreb a distancé de loin l'Afrique noire sur les plans : infrastructurels, sanitaires, technologiques, armements, hygiène, civisme, démocratique et naturellement en espérance de vie. L'homme noir doit arrêter la pratique de la polygamie, il doit mettre un frein à la dictature, à la corruption et faire une pause avec la danse. Il doit accepter de bien se former, se respecter et se faire respecter. Couper le lien avec la corruption sous toutes ses formes. Faire de la bonne gouvernance un ami inséparable en donnant de la force aux institutions et jamais aux hommes. Rendre la vie chère, car de nos jours elle est moins chère que celle d'un poulet. Accepter d'appliquer la loi dans toute sa rigueur. Rendre fortes et indépendantes les institutions en tuant la démagogie et non les jeunes ni personne d'ailleurs, car toutes les vies, toutes les âmes se valent. L'homme noir doit arrêter de faire semblant, car ce n'est plus le temps de la comédie. Homme noir c'est à toi que je parle ; lève-toi et bats-toi pour les futures générations, car la nôtre est bien foutue comme celle de nos ancêtres. Tu veux de la paix, du bonheur, du confort ? Arrête de dormir et mets-toi à l'œuvre. Je ne te conseille pas de te rebeller contre les autres communautés, continents et religions. Mais plutôt de te révolter contre ta situation, ta condition de vie et tu le sais pertinemment que tu en es responsable de ton sort comme tout le monde. Il faut avoir honte parfois qu'on dise qu'en 2023 dans la capitale de ton pays il n'y a pas d'électricité ni d'eau potable et moins d'infrastructures routières, sanitaires, éducatives, etc. Il faut avoir pitié de ton peuple en lui donnant au moins l'autosuffisance alimentaire pour sa petite survie, car avec toutes les terres fertiles et les efforts des uns et des autres, plus de la moitié de la population vit sous le seuil de la pauvreté. On nous vente à longueur des journées les innombrables ressources que possède le pays, pendant ce temps le citoyen lambda dort le ventre vide. Homme noir en plus de ta corpulence robuste et fort, fais travailler ton esprit puis pense à ton futur. Mais ne t'arrêtes seulement à penser à ton devenir, fais-en sorte qu'il soit meilleur que celui présent. L'homme noir réveille-toi de ton éternel sommeil et mets-toi au travail, puis travailles encore et encore travailles, mais travailles plus intelligemment, plus honnêtement avec plus d'amour et de souci qu'avant. Tout est possible, il suffit juste de te mettre à l'œuvre et de trouver des solutions pour y arriver. L'homme noir planifie-toi et collabore sincèrement avec les autres, mais dans le strict respect des règles. Homme noir, saches que si tu ne mènes pas une bonne et heureuse vie, ta destinée sera probablement bien l'enfer, car un pauvre a toujours le cœur malsain et on sait qu'un cœur impropre ne rentrera certainement pas au paradis. Pour éviter cela, il faut prouver au monde entier que Dieu ne s'est pas trompé en te créant, que tu mérites du respect, de la considération, du bonheur de la vie, de la paix du cœur et de la reconnaissance de ta valeur. Homme noir prouves que ton continent est une terre de gloire en plus d'être le berceau de l'humanité et des civilisations.

Le racisme et la violence ne se nourrissent que de l'homme et des dégâts matériels. Ils n'ont pas d'avantages, mais au contraire que des regrets. Ils ont pour essence la haine et la division. Ils ont pour ennemis la justice et l'égalité. Alors à l'être humain d'être bien réfléchi.

Mbo-ké observe attentivement ce qui se passe autour de lui et après des semaines de réflexion, il prend la décision de prendre la distance avec Kadhafi et sa famille pour ne pas avoir de la malédiction. Pour cela il a une idée en tête pour se retirer sans incident et avec honneur. Mais il ne peut pas tout de suite quitter la famille avec ses nombreux problèmes. Pendant ce temps Karaba multiplie des sacrifices et des offrandes à la demande de ses partenaires qui travaillent avec des cauris, de ses marabouts et de ses féticheurs. Elle ne s'abstient pas seulement à une seule solution, elle tape à toutes les portes pour faire partir Lazé du foyer. Après quelques mois de tractations, Karaba n'a plus d'argent pour continuer sa vente de poissons. À un moment donné, elle a commencé à revendre ses propres biens pour pouvoir payer ses clients animistes. Lazé de son côté n'est pas assise. Elle se bat pour conserver son foyer et sauver son mariage. Les gris-gris n'en finissent plus de pleuvoir à la maison, même la nourriture n'est plus épargnée. On fait manger à Kadhafi toute sorte de connerie et il ne parvient plus à se contrôler. Il agit parfois comme un gamin et prend des décisions enfantines et ridicules. Chacune d'entre elles veut convaincre, séduire le cher époux.

Vu le nombre pléthorique des femmes sur terre, l'homme fidèle, responsable est devenu comme une canne d'or, un sésame. Toutes les femmes veulent avoir le meilleur des hommes, le conserver et prendre soin de lui comme un œuf dans une main. Dans cette lutte incessante, Karaba n'avait-elle pas raison de se battre par tous les moyens pour conserver son cinquième mariage ? Les parents du village ne sont-ils pas allés trop loin en s'impliquant davantage dans les affaires familiales de Kadhafi ? Mbo-ké ne devrait pas subir cette injustice, ce traitement atroce et ces coups de son oncle, mais malgré tout devrait-il toujours garder la rancune contre son oncle et Karaba ?

Tout ceci est arrivé à cause de la polygamie. C'est elle la cause de plusieurs problèmes dans nos sociétés de nos jours. On me dira que même si chaque homme épouse trois femmes il y aura toujours plusieurs autres millions de femmes célibataires alors quoi faire pour elles ? Je répondrai quoi faire si un homme qui a seulement deux femmes se retrouve en prison ? Ou en train de planifier les choses pour se suicider, car il ne supporte plus le poids des dettes et des soucis ? Quoi faire si les enfants s'entre-tuent pour l'héritage ? Comment faire pour nourrir, soigner et vêtir ses femmes et tous ses enfants ? Ils me diront que Dieu viendra au secours. Je dirai que Dieu ne va jamais descendre sur terre pour venir faire les choses à notre place. Alors le mieux serait de bien réfléchir, se planifier et prendre de bonnes décisions. Dans certains cas il est possible d'être polygame, mais les 80 % des cas se terminent toujours très mal. Soit entre les femmes, soit ce sont les enfants après la mort du père de famille. Karaba et Lazé continuèrent ainsi leurs luttes et rivalités jusqu'à ce que Lazé pour une deuxième fois perd son enfant. Elle avait trouvé quelque chose dans les toilettes et sans prendre des précautions et les utilisa. La douche et les toilettes étant communes pour elles c'est compliqué de s'éviter. Quand elle a vu le gris-gris, le même jour, elle perdit son enfant. La fausse couche est survenue pendant que le bébé était de presque trois mois, selon Lazé. Mbo-ké après l'école trouve Lazé au salon allongée sur le canapé, il demande ce qui ne va pas ? Elle répond qu'elle ne se sentait pas bien sans donner trop d'explications. Mbo-ké va à la boutique et achète du jus de tonic et du doliprane pour elle. Elle mange un peu de lafidi puis prend le médicament. Elle était en train de boire son jus quand Mbo-ké retourne à l'école pour les révisions. Le soir de retour à la maison pour voir l'état de santé de la Lazé avant de se rendre à Harlem pour se coucher. À sa grande surprise, son oncle l'appelle ainsi que toute la grande famille pour dire que Mbo-ké avait tué son enfant. Étonné et dépassé par ce qu'il venait d'entendre, il demande comment ça j'ai tué votre fils ? Il répond qu'il était au travail et Karaba l'a appelé pour lui dire que Mbo-ké a fait manger et boire à Lazé des trucs bizarres pour lui faire avorter. Elle continue à dire que

Lazé a mangé sans savoir les conséquences pour une femme enceinte, mais elle avoue que Mbo-ké lui sait très bien ce qu'il faisait, car il est instruit. C'est en ce moment que Lazé a pris la parole pour démentir catégoriquement tout ce que venaient de dire Karaba et Kadhafi. Elle affirme qu'elle avait déjà perdu son enfant dès le matin après le départ de Mbo-ké pour l'école ensuite que celui-ci est revenu à la maison que dans l'après-midi et enfin Lazé était déjà revenue de l'hôpital ou elle s'est fait examiner. Elle demande alors qu'on arrête d'accuser injustement Mbo-ké et qu'on lui présente des excuses, car c'était très grave ce dont on l'accusait. Un meurtre n'est pas une petite affaire à prendre à la légère. Kadhafi retourne dans la chambre la tête basse. Mbo-ké dit à Karaba que Dieu vous pardonne et sort de la maison à son tour pour aller se coucher. Quelques mois plus tard, Lazé est de nouveau enceinte, mais cette fois-ci les parents de la jeune dame demandent qu'elle rentre au village afin qu'on s'occupe bien d'elle et pour éviter qu'elle soit en contact avec Karaba et de ses gris-gris. Kadhafi accepte la demande des beaux-parents. Lazé fait ses bagages et rentre au village. Karaba reste seule avec son époux et profite au maximum, mais ne tomba plus enceinte.

Mbo-ké à son tour rentre au village pour les vacances. Un soir pendant qu'il revenait du sport, Mbo-ké fut été intercepté par son père qui lui demanda de venir s'asseoir. Il commence à l'exploser de questions comme : pourquoi tu as pris le caleçon de Karaba pour envoyer chez les marabouts afin qu'elle ne tombe plus jamais enceinte ? Mbo-ké en pleurs demande à son père « papa tu crois vraiment que ton fils peut faire des choses comme ça ? Qui t'a dit ça » ? Son père répond en disant je connais bien mon fils, il ne peut faire mal à une mouche à plus forte raison de faire des choses comme ça ! C'est ton oncle qui m'a appelé pour dire que Karaba est allé chez les marabouts, ils ont dit que quelqu'un de teint clair a marabouté son caleçon pour qu'elle ne fasse plus d'enfants. C'est là que Karaba a imaginé que c'est Mbo-ké, car ce dernier est d'accord avec Lazé. Mbo-ké dit à son père qu'une femme de plus de 55ans donne rarement naissance pour ne pas dire jamais. Parce que tout simplement c'est la ménopause chez elle. C'est une réalité que Karaba, son mari et ses marabouts ignorent. Ce n'est ni l'œuvre des marabouts ni les sorciers ou autres. C'est naturellement comme ça chez les femmes. Le temps n'attend personne, la ménopause non plus. Mais étant analphabètes, ils ne le savent pas ou refusent de l'admettre. Et ils s'attaquent et accusent Mbo-ké sans fondement. Après les vacances Mbo-ké revient à Gnakry pour poursuivre ses études. Il trouve une nouveauté du jamais vu dans la capitale. Le gouvernement d'alors a construit un établissement flambant neuf dans le but de réunir et former les élites du pays. C'est le lycée d'excellence. Mais pour y accéder, il faut forcément passer un test. Tous les premiers de la capitale sont réunis au lycée Donka pour un concours. On a besoin uniquement que des vingt premiers de chaque option et de chaque catégorie. Mbo-ké étant premier de sa classe a donc la chance de participer au concours. Après les résultats, il est placé cinquième de la capitale niveau terminale option sciences sociales. C'est la joie totale non seulement chez lui, mais aussi chez Monsieur Adrien et ses parents au village. Monsieur Adrien était très content et fier de son disciple et lui conseille de redoubler d'efforts pour être parmi les boursiers de l'État devant aller au Maroc ou en France.

Au lycée d'excellence, selon le ministre de l'Enseignement, porte-parole du gouvernement, les élèves seront en internat. Ils seront pris en charge, seront nourris, soignés et accompagnés jusqu'à l'obtention de leurs premiers emplois. Ils sont désormais appelés à très bien se former pour pouvoir dignement et correctement diriger le pays dans l'avenir. Le gouvernement fera tout son possible pour aboutir à son objectif dans ce domaine important. Le somptueux établissement était publié à la télévision nationale avant et après chaque journal pendant au moins deux mois. On pouvait voir les ordinateurs, la cantine, la bibliothèque, l'amphithéâtre, les toilettes modernes et propres, le terrain de basquet et même les ventilateurs qui tournaient. Bref c'était un vrai bijou très différent des autres lycées du pays. Les professeurs qui devraient y enseigner doivent également passer par un concours. Seuls les meilleurs seront retenus. Le premier jour dans ce lycée, les effets scolaires sont distribués gratuitement, les consignes sont également données et les présentations du personnel ainsi que les salles de classe appropriées. L'idée était que les élèves restent à l'école du lundi au vendredi pour rentrer passer le week-end en famille. Malheureusement ce ne fut jamais le cas. Selon eux la nourriture serait suffisante pour tout le monde et des médecins seront là pour s'occuper des élèves et du personnel enseignant. La sécurité était assurée par deux body gars au portail de l'école. L'école n'est pas loin de l'aéroport. Les cours commencent bien, mais en terminale option sciences sociales il manque trois élèves. Leurs écoles d'origine n'ont pas accepté de perdre leurs meilleurs élèves pouvant éventuellement aider leurs écoles d'avoir une bonne image, un bon rang national au baccalauréat unique. Donc sur vingt meilleurs élèves de la capitale en sciences sociales, il ne reste plus que 17 élèves et parmi eux aussi 4 vont désister à cause des promesses non tenues pour les uns et les conditions d'études pour les autres. La déception était totale chez les élèves, car les choses qu'ils voyaient à la télévision nationale étaient juste des montages, des mises en scène parce qu'en réalité les ordinateurs, les médecins, les body gars vont disparaître quelques jours seulement après l'ouverture. L'électricité sera à son tour coupée une semaine plus tard. Pour la cantine c'était une histoire de rêver debout. Les bus qui devraient transporter les élèves n'ont jamais été aperçus devant l'école. La seule chose dont pouvait se vanter les élèves du lycée d'excellence était qu'ils sont assis une par table-banc contrairement aux autres lycées ou les élèves sont en sardinés à quatre par table. Ensuite les professeurs qui y enseignent étaient majoritairement bien malgré que quelques-uns ont été recrutés par parenté. Les cours commencent à huit heures pour finir à 14 h 30, et cela même les samedis. Le proviseur tient coûte que coûte à la réussite de cette école surtout cette première promotion qu'il qualifie de cobaye pour le gouvernement. C'était en tout cas une première, une nouveauté et quelque chose à expérimenter au pays. Le proviseur chaque matin donnait des consignes fermes et des informations reçues du ministère avant la montée des couleurs. Un matin il informe l'ensemble des élèves que le gouvernement pour honorer son engagement et encourager la culture du mérite, de l'excellence, va octroyer des bourses d'États à tous les candidats du lycée d'excellence ayant obtenu au moins 14 de moyenne au bac. Les uns iront en France et les autres au Maroc, en Russie, au Cuba… Il demande aux élèves de redoubler d'efforts et d'oublier les promesses non tenues pour montrer aux autres qu'on méritait vraiment d'être au lycée d'excellence, le lycée des élites. Les élèves se donnent corps et âme. Les exposés, les devoirs, les TD et les exercices se multiplient. En plus une autre formation se dessine. Il s'agit du programme du DELF niveau B1 en collaboration avec l'institut français de Guinée. Le programme du diplôme d'étude de la langue française était organisé par une dame très catégorique, rigoureuse et sérieuse. L'évaluation se faisait à la fin des cours en Guinée, mais la correction et passait à Sèvres en France. Donc c'était très sérieux et attirant. Tout le monde voulait participer, mais tout le monde n'avait les moyens pour le faire. Mbo-ké parvient à s'inscrire et à suivre tout le programme au complet jusqu'à la fin et obtient par la suite des attestations honorables. Il fait ensuite l'un des meilleurs exposés sur le roman « les écailles du ciel » de l'un des éminents écrivains du pays « Tierno monènembo ». Il est applaudi par tout le monde, y compris l'inspectrice nationale de l'éducation. Au baccalauréat il aborde les épreuves avec sérénité puis obtient une moyenne de 15/20. Mais malheureusement il voit sa moyenne annuelle être diminuée considérablement, ce qui va compromettre sa chance d'être parmi les boursiers de l'État devant aller à l'étranger pour se former. Lui et plusieurs autres ont subi cette même injustice. Ils se rendent au ministère particulièrement à la direction nationale du service examen pour revendiquer. Le fameux directeur national du dit service ne pouvait justifier ces acrobaties dans les notes. Il préfère alors prendre la fuite avec l'argent qu'il a reçu de son business. Les élèves se rendent alors devant le bureau du ministre de l'Enseignement pour demander des explications claires et solliciter des rectifications. Le ministre Kourouma n'a pas voulu les recevoir sous prétexte qu'il est très occupé. Seule l'inspectrice nationale de l'éducation a accepté d'écouter les revendications et les plaidoiries des élèves. Elle négocie et reçoit les élèves dans les locaux de l'UNESCO non loin du ministère de l'Enseignement et le l'ambassade de France. Elle donne la parole aux élèves puis écoute attentivement les différentes interventions. Elle constate elle-même les incohérences sur les papiers des élèves à plusieurs niveaux et promets de prendre des mesures qui s'imposent. Enfin elle donne rendez-vous aux élèves pour une éventuelle rectification. Après son entretien avec le ministre de l'Enseignement, le directeur du service national des examens qui était en fuite et limogé de ses fonctions. Une lueur d'espoir pour les élèves revendicateurs. À la rencontre suivante, les élèves écoutent les allocutions de l'inspectrice. Elle dit être désolée pour tout ce qui s'est passé. Que des dispositions ont été prises. Le directeur du service national des examens est renvoyé et les erreurs de ce genre ne se reproduiront plus jamais, promet-elle. Après son exposé, les élèves veulent savoir si les notes seront rectifiées. Elle dit être navrée, mais que c'est compliqué de revenir sur toutes ces choses. Vu le temps déjà écoulé, le temps qu'il faudra pour avoir un nouveau directeur pouvant intervenir et l'argent qu'il vont dépenser. Mais les élèves du lycée d'excellence auront-ils la chance d'aller bien se former à l'étranger comme l'avait promis le ministre ? s'interroge un élève. Elle dit qu'elle ne pense pas compte tenu du coût de l'opération, car selon elle une partie du montant destiné à cela a déjà été utilisé pour la fête de l'indépendance du pays qui pour sa première fois est délocalisé de la capitale pour l'intérieur du pays. Et l'autre partir a été utilisé pour la rénovation du pont 8 novembre. L'un des élèves murmure en disant, mais je pense que c'est une erreur, car ce n'est pas le même domaine et chaque ministère a un budget voté et indépendant des autres s'étonne-t-il. Elle demande à l'élève de parler à haute voix. Il répète la même chose. L'inspectrice dos au mur se défend en disant que le pays est classé parmi les PPTE donc pauvre très endetté. Par conséquent le pays n'a pas les moyens de sa politique et tenir toutes ses promesses. Elle félicite à la fin l'ensemble des élèves pour la qualité de leurs travails et promet que les élèves du lycée de l'élite seront orientés dans les secteurs porteurs d'espoirs et auront une formation de qualité pour devenir les futurs cadres de la nation. Elle donne quelques billets aux élèves pour leurs transports ainsi que son numéro de téléphone pour tout besoin de l'appeler. Sur le chemin du retour, Mbo-ké propose à ses amis de créer une ONG pour garder les contacts et les liens amicaux. L'idée est appréciée et acceptée par tout le monde. Vite une date est fixée pour mettre en place les statuts et règlements de ladite organisation. Le lendemain, Mbo-ké appelle néné Fatou l'inspectrice et lui parle de la volonté des élèves de créer une organisation non gouvernementale. Elle est enthousiaste d'apprendre cela. Mais au contraire elle ne veut pas d'une ONG tout de suite, elle propose une amicale. Pour elle c'est le mieux adapté vu l'âge, les moyens et la situation des nouveaux étudiants. À l'assemblée des élèves, Mbo-ké fait le compte rendu de sa conversation téléphonique avec néné Fatou. Ils sont tous d'accord et commencent à rédiger les textes sur les différents organes de l'amicale, puis le rapport entre l'organisation et les autres associations externes. Ils mettent en place une commission chargée de bien élaborer un statut et des règlements en fin, ils ont fixé la date de la prochaine réunion, quelques mois plus tard l'amicale des anciens élèves du lycée d'excellence est officiellement créée et Néné Fatou est la marraine de la jeune organisation. Ils font quelques activités, obtiennent l'agrément dans le souci de bien se former et se lancer dans la fonction publique, la plupart des membres fondateurs de l'association se retirent et laisse la place aux nouvelles promotions. Chaque promotion sortante du LEPAC devient directement d'office membre de l'Amicale. Ils montent un très bon projet pour venir en aide aux familles victimes d'Ebola, après le soutien et l'assistance de plusieurs organisations nationales et internationales, l'Amicale se voit voler son projet par le ministère de l'Enseignement et réalisé par la CNSS (caisse nationale de la sécurité sociale). Les membres fondateurs de l'Amicale cherchent à voler de leurs propres ailes. Ils ne font plus d'audience avec le ministre de l'Enseignement et la majeure partie d'entre eux voyagent pour se former davantage. Néanmoins ils gardent toujours contact et partagent la même idéologie. Mbo-ké est orienté à l'université de Sonfonia-Conakry dans la faculté des sciences juridiques et politiques. Il finit sa licence avec succès, obtient sa licence en administration publique et fait des stages à la direction nationale des affaires politiques du pays, puis au ministère de l'administration du territoire et de la décentralisation. Ensuite il fait un stage à la société des Eaux de Guinée et en fin il donne des cours de littérature au lycée avant de décider de sortir du pays sous le poids de l'insatisfaction. La galère et la mort sont des voisins. Pour éviter le pire ou tomber dans les geôles de la souffrance, il faut se lever et se battre dans l'arène de l'espoir pour espérer voir le bout du tunnel. C'est dans cette logique que Mbo-ké après son voyage avorté pour Montpellier, ainsi que sa bourse d'études pour le Maroc, décide de passer par la voie clandestine pour atteindre son objectif. Il commence à planifier les choses et à se renseigner sur le prix, les conditions de voyage, ainsi que les moments propices pour le faire. Il obtient quelques informations, mais la réalité du terrain est tout autre chose. La route clandestine est comme les jeux de hasard. Tu peux gagner, tout comme tu peux perdre et ce n'est pas seulement ton temps et ton argent, mais aussi et surtout ta vie. Il y a pleins de choses qui se passent dans ce monde que certains ne se doutent jamais. On ne peut imaginer que cela puisse se passer réellement. Mbo-ké a vu, vécu et touché du doigt la réalité de l'enfer terrestre.

Chapitre 3
Le parcours d'un migrant chanceux

Le jour se lève, mon front commence à ressentir les rayons solaires comme un coup de canon. Je devais me rendre à la gare où mon ami Alphonse m'attendait. La décision était déjà prise. Qu'il pleuve ou qu'il neige on devait partir c'est clair. Le poids des problèmes qui pesait sur ma tête et sur mes épaules ne me laissait plus le choix. On devait partir sans savoir exactement où ? Mais on devait se cacher des regards des autres, car le voyage clandestin était interdit et puni malgré la croisée des destins. La chaleur lève son voile et montre son vrai visage. Je regarde Alphonse et je souris, il sourit aussi sans savoir pourquoi. Je le dis tu vois ce taxi jaune ? Il répond oui, pourquoi ? On doit se cacher dans ce coffre malgré la chaleur et la dimension de celui-ci. Il me regarde dans les yeux, j'étais très au sérieux. Il dit : « Non, jamais de la vie, moi, un diplômé, un intellectuel, ne vais jamais accepter de me plier dans un coffre comme un bon à rien ». Il me demande où sont passés ton honneur, ta fierté et ta dignité ? Je réponds en disant : « Mon ami, un migrant, un passager clandestin n'a pas le choix, pas de fierté, son honneur, sa dignité et son arrogance sont suspendus jusqu'à arrivé à sa destination finale ». C'est là qu'il comprend que les choses sérieuses vont bientôt commencer. On rentre dans le coffre comme des moutons et le chauffeur prend la direction est. En manque d'air pour bien respirer, le chauffeur devait s'arrêter souvent entre les villes ou personne ne peut nous remarquer pour nous permettre de respirer, uriner et reposer nos pieds quelques minutes avant de remonter dans le taxi pour repartir. C'était souvent comme ça. J'imaginais déjà ce qu'on aurait vécu si la police nous attrapait. Mais heureusement on arrive à Siguiri sans problème. À la frontière, on échange notre argent en franc CFA puis on négocie avec quelqu'un qui nous fait contourner le barrage dans la grande discrétion. On le paye puis il se tire. On s'embarque dans un mini bus pour Bamako. À l'arrivée dans la nuit, on ne sait où aller ni quoi faire. Je dis à mon ami de bien faire attention avec son sac à dos, car il y a des voleurs dans les gares. Ensuite comme c'est lui qui gardait notre argent, je le demande de sortir quelques pièces pour qu'on puisse chercher quelque chose à manger. Après avoir fini, on retourne dans la gare où je demande à un chauffeur où peut-on s'embarquer pour l'Algérie ? Il me dit qu'on doit chercher un taxi pour aller à la gare de l'Algérie. C'est ce qui fut être fait. On arrive à la gare et on trouve un monde fou. Un monsieur s'est dirigé vers nous et nous demande où on veut aller ? Je dis Algérie, il dit d'accord qu'il peut nous aider à avoir des billets moins chers et rapidement. Mon ami me dit d'attendre, de ne pas accepter tout de suite. Heureusement que j'ai écouté Alphonse, car le monsieur qui était venu nous parler était en effet qu'un simple escroc. Une fois qu'il a ton argent, il disparaît et tu ne vas plus jamais le revoir. Les escrocs sont nombreux à la gare. Les uns proposent des billets de bus directs pour l'Europe c'est-à-dire des bus directs pour la France, l'Italie, l'Allemagne, l'Espagne, etc. Si par malchance tu ignores qu'il n'y a aucune ligne de bus entre Bamako et l'Europe, tu tombes dans le piège des beaux parleurs, on te retire tout ce que tu possèdes comme argent, objets de valeur et même tes habits et chaussures de qualités ne sont pas épargnés. On te donne un billet pour Gao juste pour se débarrasser de toi. Quand tu arrives à Gao on s'en fout de toi et tu es abandonné à ton sort. Ton numéro de téléphone est mis sur renvoi dès ton départ de Bamako, tu ne peux plus l'appeler. Tu n'as même pas de quoi acheter de l'eau à boire à plus forte raison autre chose. En plus tu ne connais personne. Le calvaire commence pour les passagers qui sont surpris par les déclarations du chauffeur qui demande à tout le monde de descendre qu'il est arrivé à Gao son terminus. Alphonse et moi étions à la gare quand certains passagers ont commencé à pleurer comme des bébés, car les escrocs ont disparu avec leurs argents. D'autres nous disaient qu'ils ont pris des billets directs Italie ou France. J'étais abasourdi, car je sais pertinemment qu'il est impossible de rentrer en Europe par bus surtout quand tu te trouves à Bamako. Je veux les faire comprendre, mais ils sont déjà convaincus par les escrocs qui leur demandent de n'écouter personne. Ils disent aux passagers qu'ils veulent les aider à aller en Europe, donc de les faire confiance et de ne rien dire à personne, car pour eux l'argent donné est très peu pour arriver en Europe. Quelques heures plus tard après les toilettes je pars demander à un chauffeur de bus où je peux avoir des billets pour Gao ? Il me montre du doigt le guichet. Lui, je l'avais vu descendre du bus, en plus, il était vêtu d'une tenue de la société de transport. Au guichet je prends deux billets pour Alphonse et moi à un prix raisonnable, incomparable aux montants astronomiques que nous parlaient les autres passagers. Une dernière chose, on devait acheter des carnets de visite médicale. À 3 heures du matin on s'embarque et le bus bouge direction Gao. Tout le monde était content et enthousiaste au départ du bus. Les uns pensaient vraiment qu'ils partaient en France à bord de ce bus tandis que les autres comme moi étaient convaincus que le bus a pour terminus Gao, mais personne ne s'attendait à ce qui allait se passer sur le chemin. Au petit matin on arrive au tout premier barrage. Un officier siffle et le bus s'arrête à quelques centimètres de la corde du barrage. On demande à tout le monde de descendre du véhicule. En rang les uns derrière les autres ont devait présentait nos pièces d'identité. Femmes, hommes et enfants, chacun présentait sa pièce. À mon tour, je n'avais aucune pièce d'identité sur moi compte tenu des conditions de mon départ du pays. J'avais juste le carnet médical pris à la gare de Bamako. On met de côté ainsi que tous les autres qui n'étaient pas Maliens ; certains avaient des passeports valables et d'autres des cartes d'identités nationales à jour. Par contre d'autres comme moi n'avaient pas de pièces. On a toutes et tous payé pour pouvoir regagner le bus qui avait franchi le barrage et qui attendait le feu vert de la police pour continuer son chemin. On continue notre voyage. Voilà un autre barrage, puis un troisième et les mêmes pratiques se répétaient à tous les niveaux. Il faut forcément payer pour passer, et cela même si tu as une pièce valable. On arrive à Douentza le soir, on paye au barrage les dernières pièces qui nous restaient. On y passe la nuit. Affamé, fatigué, assoiffé et dépassé par tout ce qu'on venait de subir sur cette route. À l'aube, on continue notre chemin, arrivé à Chevaret, on n'avait plus rien à donner à la police. Au barrage comme à l'accoutumée on laisse passer les Maliens. Nous autres devions mettre les mains dans les poches pour mettre l'argent sur la table avant de passer. On dit aux policiers qu'on avait plus rien, ils disent que ce n'est pas leurs problèmes et que ce n'est pas de leurs fautes si on a plus rien sur nous. Alphonse, Fof et moi et d'autres dont j'ignore les prénoms sommes restés au poste de police. Ils nous font asseoir sur un long banc puis commencent à nous fouiller un à un. Pendant ce temps, le bus a bougé et le chauffeur ne fait aucun effort pour ses passagers sachant bien que ceux-ci ont beaucoup auparavant. On voit le bus partir là-bas. Comme ils n'ont rien trouvé sur nous comme argent, ils prennent nos téléphones portables et nos bijoux. On nous demande de courir pour rattraper le bus qui devait se garer devant pour nous attendre. Le chauffeur est complice. C'était une manière de mettre de la pression sur les passagers afin qu'ils fassent sortir de l'argent, car aucun voyageur n'aimera voir son véhicule partir lui laisser surtout dans un endroit où tu ne connais personne ou les sentiments, la fierté, la dignité et la pitié sont morts. Regarde les enfants des gens courir sur ce goudron chaud étant affaiblis et assoiffés. On court de toute notre force et on retrouve le bus garé devant après un virage. Nous montons à bord et le chauffeur bouge en criant sur nous. Il dit « vous m'avez fait perdre mon temps inutilement, prochainement je ne vais pas m'arrêter pour vous attendre, voilà ». Nous demandons pardon et le calme revient dans le bus. Quelques heures plus tard, après deux jours de voyage, on arrive enfin à Gao vers 16heures. Le chauffeur demande à tout le monde de descendre, qu'on est arrivé à destination. Certains commencent à demander le nom de la localité. On les répond que c'est Gao. C'est la déception totale chez ces nombreux passagers ayant payé pour les soi-disant Italie directe. Ils tentent de joindre les faux passeurs sans succès. Les escrocs ont fini avec eux. Après une énième tentative quelqu'un décroche le téléphone, le passager lui demande si un autre véhicule viendra les chercher à la gare pour continuer en l'Italie ou bien comment ça va se passer ? Il répond en disant « mon ami tu te trompes de numéro ». Le passager étant très surpris par ce qu'il venait d'entendre, vérifie bien le numéro si c'est le bon et rappelle. Cette fois-ci l'escroc lui dit clairement « mon ami c'est fini entre nous ! il faut chercher à te débrouiller là-bas ». Il raccroche et bloque le numéro du passager. Comme le portable était sur haut-parleur, on a tout entendu. C'est là que les autres passagers ont compris qu'ils sont bien foutus. Les larmes commencent à couler chez les uns, les autres sont abasourdis sans mots à dire. Alphonse et moi restons dans un coin de la gare. Nous observons attentivement tout ce qui se passe. Les escrocs sont en train de défiler ici encore. Le soleil cherche une place derrière la montagne, la terre va coucher, les passagers ne savent pas où aller ni quoi faire. Ils ont faim, ils sont fatigués et salles. Ils font pitié. Mais sur cette route les sentiments sont morts. Il n'y a pas faire quelque chose à cause de Dieu. Bouba s'approche et nous salut. On répond et il nous demande si on avait un passeur ? Notre réponse est non. Il dit qu'il est chef rebelle et qu'il va nous aider à continuer notre chemin sans problèmes. Bizarrement et sans solution nous acceptons sa proposition. Il nous prend sur sa moto et on bouge, on part sans savoir où. Arrivé sur un chantier abandonné, il gare et me demande d'aller me cacher là-bas. Il continue avec Alphonse, Fof et mon sac. La nuit tombe, j'entends les aboiements des chiens et les coups de fusil. Je suis mort de peur et d'inquiétudes. Je me pose mille questions sans réponses. Quelqu'un vient me trouver là-bas dans ma cachette, il me demande « que fais-tu ici ? Qui es-tu » ? Je réponds en disant que je suis un passager de Bouba, que c'est lui qui m'a demandé de l'attendre ici. Il enlève sa cagoule et me donne un sachet d'eau à boire. Pendant que je bois, il s'en va déjà là-bas. Heureusement quelques heures plus tard, Bouba vient me chercher. Sur sa moto nous partons loin et rentrons dans une cour fermée. Il me demande si j'ai de l'argent sur moi je dis non il ne me reste plus rien. Il me fouille soigneusement et ne trouve rien sur moi. Il m'amène là où se trouvent les autres passagers. Je vois Alphonse assis au fond avec ses yeux rouges, la peur au ventre. Fof était couché juste à côté de lui. Je viens à côté d'eux, Alphonse me remet mon sac puis m'informes que les passagers que je vois assis là-bas au coin de la cour, ont fait plus d'un mois ici et ils ne partiront que quand ils payeront la somme demandée par Bouba. Les adolescents sont devenus des otages des rebelles. Quelques jours plus tard, Bouba nous appelle mon ami et moi puis nous demande de payer la valeur de 600 euros chacun pour pouvoir continuer notre chemin sans faire de la prison ni subir les tortures de ses soldats. Je dis qu'on ne peut pas avoir cela. Il me gifle en disant qu'on ne discute pas de prix avec lui. D'ailleurs qu'il a été très clément avec nous parce que je parle bien et me soumet. Alphonse demande de téléphoner à ses parents à qui il explique la situation. Ses parents et les miens cherchent à nous envoyer de l'argent. Ils s'endettent par-ci et par-là pour trouver le montant demandé par le chef rebelle. Sur la somme qu'on devrait nous envoyer, ils devaient rajouter l'argent de la dépense, car chaque nourriture que Bouba nous donnait était écrite et comptée. On mangeait une fois par jour pour subsister. Quelques jours après le premier convoi bouge au petit matin. C'est celui des adolescents. Le lendemain Bouba vient nous voir en disant que le compte est bon. Qu'il a reçu la totalité de l'argent. Donc on devait bouger pour l'Algérie sans délai. Je plaide pour Fof qui n'avait pas encore payé la totalité de son argent et par coup de chance il accepte qu'on parte ensemble. Il nous donne à l'un de ses soldats qui nous transporta sur la moto pour nous faire contourner le barrage, on va loin jusqu'au désert où un véhicule nous attendait. On s'embarque avec nos bidons d'eau et nos sacs contenant les quelques vêtements qui nous restaient. On avait également des biscuits et de la datte sucrée. On était content d'avoir une réserve de nourriture cette fois-ci. Les passagers commencent à échanger sur ce qu'ils feront une fois qu'ils auront une vie meilleure. J'entends un passager dire « je vais construire une maison pour mes parents, puis les envoyer à la Mecque et enfin faire un forage pour mon village ». Un autre répond près de moi en disant « moi je vais d'abord aider ma famille à subvenir à ses besoins fondamentaux comme : nourriture, une maison pour s'abriter, car avec la vieille case en saison de pluie c'est un grand danger et un calvaire ». Je ne dis rien et Alphonse non plus ni Fof, mais je réalise en fait qu'on était des missionnaires, des sacrifiés de nos différentes familles, on était devenu comme Sisyphe, c'est-à-dire condamné à réussir. Mieux vaut mourir que de revenir au pays suite aux échecs, on serait refoulé, insulté, humilié, on serait qualifié de vaurien, de tous les noms d'oiseaux. Bref dans ma tête on était des sacrifiés de nos familles, de nos villages et de nos pays.

Le désert torride nous brûlait la peau par sa chaleur excessive. Les uns sardinés sur les autres comme des moutons. À cause du manque d'air, certains sont asphyxiés et d'autres ont des vertiges. Malick perd connaissance, il s'évanouit et finalement rend l'âme au vu et au su de tout le monde. Le chauffeur s'arrête parce qu'on tapait et criait trop fort dans le véhicule. Il vient ouvrir la porte. Il y avait des vomissements, des urines et j'en passe. Il constate lui-même que Malick n'est plus vivant. Il fait descendre tout le monde. Certains ne peuvent même pas se tenir debout. Ils ont presque perdu leurs jambes. Le chauffeur était arabe, donc ne comprenait pas nos langues. Il parlait juste un peu le français et un peu l'anglais. Il me demande de dire aux autres de remonter dans le véhicule si non qu'il va partir nous laisser là. Il avait déjà fini de jeter le corps de Malick derrière la voiture en plein désert et à ciel ouvert. Les amis pleuraient, et d'autres voulaient se reposer un peu pour profiter boire, respirer et détendre les pieds. Quand il sort son révolver, tout le monde remonte dans le véhicule. On regarde le corps de Malick à demi enfoui dans le sable jusqu'à l'horizon des yeux. Lui qui aspirait à une vie meilleure, à rendre heureux ses parents en leur aidant dans la misère, le voilà couché dans ce désert seul entre les charognards et vipères. On prie que le paradis soit sa dernière demeure. On continue notre chemin et arrivée à Timiyawi, je réalise qu'on était arrivé dans un autre monde. Un chef vient vers nous avec une liste en main, il demande où sont les passagers de Bouba ? Je lève la main ainsi que mes deux amis et une autre personne que je ne connaissais pas. Il nous met de côté et continu à appeler les noms des passagers des autres clients. Après il vient nous dire que nous on n'a pas de problème. Qu'on était des passagers du chef. Ce qui était un ouf de soulagement parce qu'on voyait le traitement que les autres sont entrain de subir là-bas attachés sous le soleil de plomb avec des scorpions qui sont entrain de les piquer à volonté. On fait brûler des sachets plastiques sur le dos de certains et on gifle d'autres avec des chaussures et des tapettes. Juste pour obliger les parents d'envoyer la rançon demandée. C'est une cruelle réalité qui me laissait sans mots, juste des questions du genre : Est-ce que cet endroit est sous contrôle d'un gouvernement ? Les dirigeants maîtrisent-ils l'intégralité de leurs territoires ? Savent-ils vraiment ce qui se passe à l'intérieur de leurs pays ? L'administration ce n'est pas seulement dans la capitale. Après avoir torturé des passagers, le chef rebelle nous dit qu'on y passera la nuit. Il nous donne à boire puis repart. La nuit, lui et ses soldats viennent choisir les filles qui étaient parmi nous pour aller satisfaire leurs désirs sexuels ignobles. Les filles n'ont pas le choix face à la menace de l'arme et de la violence. Elles n'ont que leurs yeux pour pleurer. Nous autres ne pouvons rien faire pour empêcher cela, car les kalashs sont prêts à être utilisés. Et vu les réalités que nous avons vues et vécues, les maudits n'hésiteront pas une seule seconde à tirer sur quelqu'un, car après tout ils n'ont de compte à rendre à personne et ne craignent absolument rien. Le lendemain au lever du soleil, ils nous ramènent les filles. Je vois la petite Khadija avait du mal à marcher à sa descente du pic up. On nous demande de nous préparer qu'on va bouger très bientôt. On était partagé en deux groupes. Le premier devait avoir du pain, des biscuits et du spaghetti comme nourriture, ensuite il devait partir sans être torturé. L'autre groupe c'était tout le contraire. Avant notre départ, j'ai vu Saïd devenir fou. Ils l'avaient demandé d'appeler ses parents. Quand ceux-ci décrochèrent le téléphone, ils ont tiré des coups de fusil juste à côté de ses oreilles, accompagnés par des gifles-écouteurs c'est-à-dire le gifler des deux oreilles en même temps avec les chaussures.

Ils ont tellement voulu faire peur que le jeune Saïd a perdu la tête. Il ne savait plus ce qu'il disait à ses parents ni ce qu'il faisait. On bouge entaché encore comme des sardines puis couvert par une bâche pour ne pas être remarqué. On avait du mal à respirer dedans et à voir où l'on allait. Le véhicule bouge et nous les sacrifiés, continuons notre chemin. Après avoir parcouru des kilomètres, en route, le vent soulève légèrement la bâche, on a pu un peu respirer cet air chaud et sec venant de l'extérieur. Puis voire à travers ces montagnes de désert qu'on était en train de traverser. Je remarque des animaux morts et des voitures calcinées tout au long de la route. Quelques fois même, je voyais des corps humains délaissés en plein désert et à ciel ouvert. Je n'arrêtais plus de regarder dehors malgré ma position serpentine. Plus loin j'aperçois un groupe de personnes autour d'un véhicule visiblement en panne. C'était un autre convoi de sacrifiés. Ils n'avaient plus de nourriture et plus grave de l'eau pour boire. Notre chauffeur s'arrête pour demander la nature de la panne. Les passagers se dirigent vers nous pour demander de l'eau et de la nourriture. Les premiers à arriver ont eu quelques goûtes pour débloquer leurs gorges. Une fille dormait sans grand espoir de se réveiller en vie, a entendu le bruit et arrive tardivement. Je n'avais plus d'eau ni rien et mon ami Alphonse ne voulait pas qu'on reste sans eau, car en cas de problème on serait livré à nous même. Dans ces genres de situation, c'est chacun pour soi Dieu pour tous. Donc chacun cherche à sauver son âme. La fille parlait anglais et venait certainement du Nigéria. Elle supplia tout le monde pour avoir de l'eau à boire, mais personne n'accepta de la sauver, car il restait peu à certains sacrifiés et rien à d'autres comme moi. Pire, on ne savait pas combien de temps nous restait pour arriver à destination. La fille désespérée demande à quelqu'un de pisser, elle va boire. Au début, certains ont jugé sa réaction insensée, impensable et dingue. Mais quand elle a introduit sa main dans le pantalon du garçon pour faire sortir son pénis puis se mettre à genou pour recevoir l'urine dans la bouche, c'est là qu'on a compris que c'est vraiment sérieux et grave. Plus de place à la honte ou au désir. Le mec était vraiment obligé de pisser pour sauver une vie. Je vois une eau jaunâtre couler dans la bouche d'une pauvre fille assoiffée. Elle s'applique et prend soin pour qu'aucune goûte ne touche la terre. Après s'être abreuvé avec succès, ses copines se demandent pourquoi pas pour sauver nos vies ? Elles demandent elles aussi aux autres sacrifiés de faire la même la chose, elles obtiennent satisfaction. Heureusement que ce fut vite fait et tous les sacrifiés n'avaient pas encore fini de pisser par terre à la descente du véhicule. Les uns se reposaient et les autres s'occupaient de leurs pieds déjà crampés depuis très longtemps. Les chauffeurs étaient des Arabes. Ils étaient très surpris par cette solidarité et cet amour entre les sacrifiés. Ils demandent à tout le monde de reprendre sa place. Ils font le compte pour voir s'il n'y a pas eu d'infiltrés. Tout est bon. On ne pouvait rien faire pour dépanner leur véhicule. Leur chauffeur monte avec le nôtre pour aller chercher une pièce de rechange. Nous repartons vers midi. Le soleil dansait déjà dans son orbite et le vent n'arrêtait pas de siffler. Je vois un sac à dos tombé, quelques minutes plus tard j'aperçois un corps à demi enfoncé dans le sable, mais je ne pouvais voir son visage. Il était sûrement mort de soif et de fatigue. Un peu plus loin je vois un autre corps avec son sac au dos et ses chaussures à la main. Son visage peu couvert, le sable dans sa bouche et ses yeux qui étaient grand ouverts. Le chauffeur qui était monté avec nous dit que c'était ses passagers. Qu'ils ont voulu marcher quand le véhicule est tombé en panne. Ils voulaient se sacrifier pour sauver l'ensemble du groupe, mais hélas. Je réalise alors qu'on était des vrais sacrifiés. Et la mort pouvait nous appeler à tout moment. Arrivé à un point, le chauffeur arrête le moteur et descend. Il vérifie bien s'il n'y a pas quelqu'un à côté. Il détache la bâche et nous demande de descendre. Il nous dit qu'on devait marcher le reste. Il nous dit qu'il nous reste 14 kilomètres pour arriver à destination. Il montre la direction à suivre pour arriver dans la ville sans se perdre au désert. Il nous montre du doigt les endroits à éviter où se trouve la police. Mon ami Alphonse sort le bidon d'eau et on boit dans la cachette. On se repose près d'une heure et on commence à marcher en groupe de cinq. On rentre dans la ville ou on ne connaît personne en plus on était très salle et fatigué. Nous trouvons un chantier inachevé et y passions le reste de la nuit. À l'aube on était plus que 3 à savoir : Alphonse, Fof et moi. Les deux autres étaient déjà partis sans nous prévenir. Nous avons eu de la chance de trouver un grand bidon d'eau laissé par les ouvriers. On se lave les visages, les bras et les pieds. On se nettoie les cheveux puis on change nos vêtements sales. Fof dit qu'on doit aller vers Oran, Alphonse lui propose qu'on se dirige vers la capitale Alger. Mais moi je voulais qu'on quitte carrément ce pays. Vu tous les injustices et traitements qu'on vit et compte tenu des rapatriements sauvages et ce mode de vie. On nous avait parlé de l'Algérie bien avant. Alors nous décidons d'aller en Libye pour avoir une stabilité et du travail, de la paix, de la sécurité et d'avoir un traitement juste et humain. Mais on avait oublié qu'on est mieux que chez soi. Chez les autres peu importe la durée, l'entente ou la ressemblance, il y aura toujours une différence. Alphonse sort un bout de papier qu'il avait caché. On avait plus de téléphone. Sur ce papier il y avait un numéro, c'est celui de Ango. Ango est un est un frère cousin de Alphonse. Il était en Libye. On cherche quelqu'un qui peut nous prêter son portable pour appeler. Les gens s'enfichent des préoccupations des autres. Mais heureusement après plus de neuf heures passées en train de demander et de nous cacher de la police qui n'arrête pas de chercher les blacks comme des requins assoiffés de sang. La police embarque toute personne de couleur qu'elle voit dans la rue. Nous trouvons quelqu'un qui nous permet non seulement d'appeler, mais aussi il nous achète à manger. Ango était gentil avec nous au téléphone, il connaît la souffrance de l'aventure lui également. Il me promet qu'un monsieur allait appeler le numéro avec lequel on l'a appelé pour venir nous chercher. Un Arabe appelle le numéro pour demander si nous sommes bien à Adrar ? C'était bien le cas. Il dit qu'un taxi viendra nous chercher très vite. On y reste jusqu'à 17 heures. Le monsieur qui nous avait prêté le téléphone portable nous demande de partir, car il devait rentrer chez lui maintenant et personne n'était encore venu nous chercher comme l'a dit Ango et l'autre arabe au téléphone. Nous commençons à errer sans savoir où partir. Nous voyons la police s'augmenter et les embarquements se multiplient. Nous tombons sur des blacks qui cherchaient également à se cacher. Nous les demandons un téléphone pour appeler Ango à nouveau. Ango était étonné d'apprendre que personne n'est venu nous chercher comme prévu.

Une chose est sûre, l'aventure clandestine n'est pas facile. C'est un grand risque, un voyage parfois sans retour pour certains, une histoire à raconter pour d'autres. Tu décides de sortir ou tu es obligé de t'en fuir, mais après il y a une pression sociale qui ne facilite pas un retour chez toi. Ta propre famille en premier. Parce que si le fils ou la fille du voisin réussit son pari, tu es obligé aussi, sinon en cas d'échec et d'un retour au pays, tu es considéré comme un bon à rien, un vaurien et un poisseux. Du coup tu es rejeté par ta propre famille qui s'est endettée pour t'aider dans les moments difficiles de ton voyage. C'est là que certains sacrifiés vont avoir l'idée du suicide ou d'autres idées graves.

À la gare, nous cherchons de nouveau à joindre Ango qui nous a dit qu'un nouvel arabe viendra nous chercher. Cet autre arabe taximètre appelle et négocie avec ses semblables. Un mec nous dit qu'on a de la chance. C'était le dernier bus pour Ouargla. Il nous rassure qu'on partira sans problème. L'heure du départ arrive et le monsieur vient nous chercher pour nous faire embarquer. Jusqu'à présent je me demande comment ils se sont arrangés ? Ango nous avait dit de ne rien craindre, car c'est lui qui paye tout le transport. En réalité il était devenu comme un passeur, mais nous on cherchait juste à le rejoindre pour ne pas être rapatriés. Arrivé chez lui après presque 2 jours de route entre bus et pic up qui déchiraient le désert comme si tous les autres jouaient avec l'accélérateur. On arrive chez lui affamé, fatigué et assoiffé comme toujours. Il s'occupe très bien de nous. Nous prenons des douches, mangeons à notre faim et dormons comme si c'était notre dernier sommeil. Depuis le départ du pays, c'était la première fois qu'on se sent bien à l'aise. Le lendemain matin, nous prenons le petit-déjeuner ensuite, il nous demande de venir discuter avec lui dans sa chambre. Il nous fait comprendre que cette ville de Deb Deb est également risquée et dangereuse d'habiter. La police y fait souvent des descentes. Il nous demande de continuer notre, mais avant de partir qu'on doit payer chacun au moins la valeur de 500 euros. Ce montant nous permettrait de rentrer à Tripoli sans grande difficulté. On n'avait rien sur nous et nos parents sont pauvres au village, lui-même il connaît bien la situation de nos parents. Ils se sont plusieurs fois endettés pour nous sauver auparavant, dit Alphonse. Ango décide de payer pour Alphonse qui refuse d'aller sans moi. Fof lui nous avait menti encours de route que son grand frère était très riche. Ango le garde avec lui jusqu'au payement de son transport, car il ne pouvait pas nous faire voyager à 3 gratuitement. Nous bougons au coucher du soleil, c'était au mois de ramadan. On était divisé en deux groupes de plus de 100 personnes. À peine quelques minutes de marche, comme s'il nous attendait, le vent commence à souffler. Il souffle, le sable dans nos yeux, certains tombent puis se relèvent, car si par malheur quelqu'un reste seul derrière, il est mort dans le film. Les foulards, les képis et certains objets s'envolent. Certains s'attrapent les mains pour résister à l'orage. Le vent violent ne se calmait pas. On continue notre chemin malgré tout et une femme avec son bébé au dos heurte son pied contre une pierre et tombe très mal. Heureusement il n'arrive rien de grave à l'enfant, mais tous ses aliments sont éparpillés et elle est blessée au genou. Je prends son sac et Alphonse prend son bébé. Elle galope, boite petit à petit derrière nous. Le reste du groupe était déjà un peu loin de nous. La femme était tenace, mais elle n'arrêtait pas d'appeler son bébé pour se rassurer si l'enfant se porte bien, ensuite elle disait souvent : « Oh, mon Dieu, oh, maman, tu avais raison, ta fille est en train de souffrir. Si vraiment je t'ai rendu heureuse un jour alors que mon voyage se passe bien ». Elle répétait cela très souvent, on peut dire même que c'était devenu son slogan. Je lui ai dit : « Ma sœur on est désormais des sacrifiés donc tiens bon et oublies ta mère, car elle ne peut pas te sauver ici ». Elle s'arrête un moment puis me demande de lui remettre son sac. On continue la marche, après plus de dix kilomètres, des véhicules devraient nous transporter à la ville d'après. Mais malheureusement ce soir-là ils n'étaient pas venus à cause du vent violent, ils ont pensé que nous n'allions pas venir. Le guide nous dit qu'on n'a pas de chance, car on devait marcher plus de 40 kilomètres. Un groupe décide de retourner d'où l'on est venu. Nous les plus courageux continuons notre chemin. Nous dépassons la frontière Algérie-Libye faite de grillage. Mon pantalon s'accroche et se déchire, je me blesse à la cuisse, mais ce n'était pas trop inquiétant vu les plaies de certains. Alphonse avait déjà remis le bébé à sa mère. La femme très épuisée me dit « mon frère tu as raison, nous sommes des sacrifiés et ma mère étant en train de dormir, ne peut pas m'aider ici dans cette marche interminable. C'est vous qui pouvez faire quelque chose pour moi ici en ce moment ». Je reprends son bébé, lui donne à boire et nous continuons la marche. À quatre heures du matin, on aperçoit les phares d'un véhicule. C'est l'un des Arabes qui devait nous transporter. Il avait reçu un appel qui disait qu'un groupe s'est retourné, mais qu'un autre est bien en route. Il demande à uniquement aux femmes de monter à bord. Je remets le bébé à sa mère et Alphonse lui donne son sac. Elle monte devant à côté du chauffeur, car il n'y avait plus de place à l'arrière. Ils s'en vont et nous autres marchons plus vite. Deux heures plus tard, nous arrivons à Ghadamès. Dans une cour, je vois des centaines et centaines de sacrifiés. Toutes et tous fatigués et inquiets. On se repose durant une bonne heure. Ils prennent les femmes et je ne revois plus certaines. Ils font embarquer des gens comme des moutons. Mais avant de monter, ils font des marques sur les fronts ou sur les épaules des sacrifiés pour pouvoir les différencier. Si quelqu'un n'a pas cette peinture blanche sur le front ou sur l'épaule, il ne doit pas bouger. Un jeune Malien tente de se dissimuler dans le groupe, il est repéré et tué par balle sous nos yeux. La femme attrape ses yeux et appelle encore sa mère au secours. Les groupes sont maintenant distincts et les convois peuvent continuer. J'étais dans le groupe qui devait aller en dernière position. On monte dans le camion, une bâche sur nous puis des matelas et des fils bien attachés comme si nous étions des simples bagages. On devait cette fois-ci voyager en plein jour. Nous bougeons avec des consignes claires et strictes. Il ne faut jamais se remuer à plus forte raison de tousser ou de faire des bruits. Nous partons rejoindre les autres dans un chantier inachevé. Je vois mon sac à dos par terre, je pars le prendre, mais à ma grande surprise je reçois un coup de bâton sur mon dos. Le mec était sans pitié. C'est comme s'il frappait un âne qui refuse de travailler. Je tombe et me relève difficilement. Il me demande d'aller rejoindre son ami qui était en train de fouiller les sacrifiés. Il me fouille et ne trouve absolument rien. Ango nous avait bien prévenus, car lui aussi était passé par là avant. On reste assis et la fouille continue. Même les femmes ne sont pas épargnées et cela se passe devant tout le monde. L'Arabe n'a pas hésité à mettre ses doigts dans le caleçon d'une fille pour faire sortir de l'argent. Un autre a trouvé de l'argent dans le derrière d'un sacrifié. Même dans les aliments, ils trouvent parfois de l'argent. La fouille terminée, ils choisissent les filles qu'ils ont besoin pour satisfaire leurs libidos puis ils embarquent le reste des femmes pour une autre destination. Je n'ai plus revu deux femmes de notre groupe. Nous y restons jusqu'à 16 heures sans nourriture ni eau parce qu'ils avaient brûlé les sacs des sacrifiés pour voir si quelqu'un allait vouloir reprendre son sac et sortir de l'argent ou un objet précieux. Comme nous avions très soif, un groupe décide d'aller chercher de l'eau pour nous. Ils partent et sont vite repérés par les soldats de la mafia. Ils préviennent aussitôt leur chef. Celui-ci vient très furieux, il demande les noms et le nombre des sacrifiés qui sont sortis de la cour. Il les tabasse comme des animaux. Bernard du Burkina se retrouve avec son bras fracturé et Thierno de Guinée c'est sa jambe. L'arabe était drogué et n'avait aucune pitié. On y reste sans manger ni boire jusqu'à la nuit. J'avais caché mon sac donc il n'a pas été brûlé. J'avais quelques vêtements qui me restaient, je prends l'une de mes chemises que je déchire pour attacher le bras de Bernard et la jambe de Thierno. Finalement nous sommes repartis en deux groupes comme d'habitude et continuons le chemin dans la nuit profonde. C'est mon groupe qui devait partir en premier cette fois-ci, je vois Bernard se tordre de douleur. Il serre ses dents et me dit « merci mon frère, mais tu dois y aller, on se retrouvera un jour sûrement ». Je le demande de tenir bon, je pars rejoindre les autres dans le véhicule qui était prêt à partir. Ango avait parlé avec ses amis qui devaient venir nous chercher une fois arrivé à Zliten. En fait, il y a un grand réseau de trafiquants d'hommes et d'armes sur cette route. Les passeurs sont en perpétuelle communication et cela dans plusieurs pays ; à partir de Bamako jusqu'ici en Europe. Ils sont un peu partout et ont des correspondants très forts et cruels. Ils sont prêts à faire tout pour de l'argent.

Arrivés à Zliten, nous sommes récupérés et aussitôt conduits à Tripoli. Nous arrivons au petit matin. Je vois plein de jeunes sacrifiés en train de dormir dans une salle malpropre dans laquelle je voyais des punaises circuler sur les murs et sur les vêtements des boxés. Seuls quelques-uns étaient réveillés, on se salue et l'un d'entre eux me demande mon pays d'origine. Je réponds ensuite lui aussi se présente. Il était Sénégalais comme la majeure partie des sacrifiés qui y habitaient. Il y avait des Gambiens, des Nigérians, des Guinéens, des Sierra léonais, etc. Chacun racontait son histoire, le pourquoi il a fui son pays et les choses qu'il a subies encours de route. Mais les propos de Sadio m'ont laissé bouche bée. Il avait été vendu à Saba où il a fait de la prison, a été bastonné et brûlé au dos puis électrocuté. Il nous montre des cicatrices sur son dos et je fonds en larme sans le vouloir. Abdoul vient avec un arabe, il dit qu'on devait y passer 2 jours avant de partir au bord de la mer. Par contre d'autres allaient y rester plus longtemps que prévu ou bien ils devraient être vendus.

En effet le noir était devenu de l'or, une ressource que tout le monde cherche à avoir. Voir un noir dans la rue était une superbe occasion de se faire beaucoup d'argent et très rapidement. Les Libyens qui étaient habitués à la vie facile ont connu de la souffrance suite aux problèmes sociaux politiques. Ils ont trouvé le diamant noir pour se relancer. Les migrants de l'Afrique noire, de Syrie, de Bangladesh, etc. sont désormais les remplaçants idéaux du pétrole.

Deux jours plus tard, Abdoul vient me dire de me préparer pour aller au bord de la mer. J'informe mes amis et nous partons devant une cour ou le taxi nous attendait. Je voulais monter dans le taxi, mais le chauffeur me demande de porter un voile intégral et faire semblant d'être une femme arabe avant de monter. Mais je ne savais pas parler arabe, il me demande alors de pas parler en cas de contrôle de police sur la route. Il demande à mes amis de faire la même chose. Je monte et m'assois confortablement. C'est la seule fois que je voyage sans être traité comme un mouton, mais comme une femme voilée. Donc on devait garder le silence tout au long du voyage et cela, peu importe ce qu'on verra sur la route. Le voile était pour tromper la vigilance de la police et d'autres trafiquants, car il y a plusieurs clans rivaux. On arrive à Sabassrine et le frère de Tawila nous demande de l'attendre. Il téléphone à son petit frère qui lui donne le feu vert de nous recevoir. On rentre et je vois plein de jeunes sacrifiés, mais en majorité du Nigéria. On y reste deux jours et on est déplacé pour un autre campo. C'est celui de Faraze un maudit, méchant, criminel arabe qui demande de l'argent à tous les passagers avant de rentrer dans son campo où il revend de la nourriture et de l'eau trois fois plus chère que le prix normal. Malheur à celui qui n'a pas d'argent. La nuit on devrait aller sur la mer pour tenter de rallier l'Europe, mais les clans rivaux se font la guerre et 8 personnes sont tuées. Le lendemain nuit, on fuit le campo de Faraze, on appelle Abdoul pour l'informer de la situation, il dit qu'un taxi viendra nous chercher pour un autre campo. Il n'est jamais venu ce taxi. Nous sommes restés abandonnés à nous même dans un endroit dangereux et inconnu. Nous marchons des kilomètres sans savoir où on va. Nous passons la nuit dans une maison abandonnée sans dormir presque, car on avait la peur au ventre. Le lendemain matin nous reprenons la marche. Le seul portable qu'on détenait est aussi déchargé. Donc ne pouvant plus téléphoner, on se met à demander de l'aide aux gens pour pouvoir appeler. Nous demandons également le nom de la localité. Mais il y a des problèmes : on ne comprend pas l'arabe et il faut s'adresser uniquement qu'aux noirs. Il faut également éviter de croiser la police, les Asma boys, et les autres clans et trafiquants. Nous tombons sur un Haoussa qui nous amène chez lui, nous donne à manger et à boire puis nous demande d'observer le silence, car le moindre bruit pourrait attirer des bourreaux. On avait été rejeté par plusieurs autres donc nous devons accepter sa demande pour notre propre sécurité, mais aussi pour la sienne. Le gentil jeune homme nous dit qu'on a vraiment de la chance parce que c'était le ramadan ensuite il avait fait plus de 15 ans en Libye donc il parlait très la langue arabe et connaît les endroits les plus dangereux du pays et il sait comment les éviter. On était dans la localité de Saba selon lui. L'un des endroits les plus dangereux de la Libye. Et si ce n'était pas à cause du mois saint de ramadan, on aurait pu être attrapé et vendu même par de simples citoyens. Il appelle Abdoul pour nous puis nous enferme avant d'aller au travail. Nous y passons deux jours et deux nuits. Dans la troisième nuit, le taxi vient enfin nous chercher et nous conduit dans un autre campo de Tawila. Jusqu'à l'arrivée dans cet autre campo, on était pas sûr de ne pas être vendu, car on ne connaissait pas les gens là et la situation oblige d'être vigilant. La confiance est morte dans ce pays. Dans ce nouveau coin, le premier constat de Mbo-ké fut la famine qui y habite ensuite le nombre pléthorique des sacrifiés. On ne parle pas de la situation des saletés du lieu. La nourriture est très dure à être trouvée. Certaines filles pour pouvoir manger sont obligées de se vendre pour subsister. Elles prennent presque toutes les propositions de 10 ou 15 dinars. Quelques-unes tombent enceintes sans le savoir ni le vouloir. Parfois même elles ne connaissent pas le père biologique de leurs enfants tellement qu'elles multiplient des partenaires. Nous y passons trois mois dans l'espoir de rejoindre l'Europe un jour. Les nuits, les Arabes viennent prendre des filles de force pour aller les violer. On ne peut rien faire, car ils sont armés des kalash. Deux filles y ont accouché sans aucune assistance médicale. En Libye, les noirs n'ont pas droit à avoir accès aux hôpitaux. Les filles étaient majoritairement venues du Nigéria, de la Sierra Leone, de la Guinée, de la Côte d'Ivoire, etc. L'insalubrité y battait son plein. On utilisait tous la même et unique toilette. Pour y avoir accès, il faut faire forcément la queue d'au moins une demi-heure. Mbo-ké et un autre sacrifié ont eu des éruptions cutanées. Des boutons se manifestent sur l'ensemble de nos corps. Il s'agissait certainement de la varicelle. J'avais du mal à trouver de la place pour dormir, car tout le monde me rejetait à cause de mes boutons. Je me grattais le corps et ça me faisait très mal. J'avais mes ongles rouges de sang les matins au réveil. Il y avait des punaises aussi et l'eau avec laquelle on se lavait n'était pas du tout bonne. Après tout ce temps perdu au bord de la mer dans la faim, dans l'insécurité, l'insalubrité et des viols. Finalement nous décidons de retourner à Tripoli. Difficilement Abdoul nous a envoyé un taxi. De toutes les façons il était obligé, car Tawila était parti après la guerre qui a éclaté entre les clans. Nous partons en petits groupes et trois jours plus tard nous sommes tous arrivés. Nous apprenons qu'un bateau a chaviré et deux groupes de nos amis sont morts. Leurs parents appelaient très souvent pour demander des nouvelles. C'était très dur de dire la vérité aux familles. Mais finalement on était obligé et ils ont compris en voyant des publications sur les réseaux sociaux. Nous demandons à Abdoul de nous rembourser notre argent comme on n'était pas rentrés en Europe, on n'a même pas vu la mer, il n'accepte pas. Il refusa également de nous expliquer les conditions dans lesquelles nos amis ont trouvé la mort. Il refusait catégoriquement toute négociation et tout dialogue. Nous avons décidé de travailler alors pour pouvoir payer une autre somme, car on n'a pas autre choix si on veut voyager. Quelques mois plus tard, nous repartons encore au bord de la mer, mais cette fois-ci c'est à Azilette. La nuit tombée, on nous fouille systématiquement pour prendre tout ce qu'il trouve sur nous argent, téléphones et autres objets de valeurs. Même les chaussures et vêtements de qualités sont dérobés. On devait prendre la mer cette nuit-là même. Nous arrivons au bord de la mer dans ces véhicules couverts de basse. Il ne manquait plus que le pétrole pour bouger. Un bidon de pétrole tombe du camion et s'éclate. Il ne restait plus que trois bidons de pétrole avec nous. Ils embarquent les sacrifiés dans ce bateau pneumatique. On était en surnombre, mais tout le monde voulait partir malgré les risques. On se souciait peu de la surcharge. Même si on disait que c'est surchargé, ils n'allaient pas arrêter. De toutes les façons on n'avait pas le choix. On n'avait pas la voix au chapitre, on ne peut que suivre les instructions et fermer nos bouches. On n'avait pas peur de la mort. Même si on avait peur de la mort, on aurait choisi et préféré celle-ci à l'enfer libyen. On se disait qu'on ne serait pas les premiers ni les derniers à mourir. Il fallait faire un choix pour mettre fin à cette souffrance de la Libye. Nous étions prêts. Je regarde les visages des uns et des autres, je vois l'inquiétude, l'impatience et la peur chez certains, car quoi que l'on dise les profondeurs de la méditerranée font peur. Tawila monte avec nous et demande au capitaine de suivre la direction du nord. On avance de quelques minutes, ensuite il demande au capitaine de s'arrêter. Il dit Allah Akbar à trois reprises puis plonge à l'eau. C'était une manière de nous dire au revoir et bonne chance. On était désormais livré à nous même dans ce fragile bateau pneumatique sur une mer méditerranée interminable. On avait maintenant en face de nous trois alternatives : premièrement c'est la chance de rentrer en Europe. Une chose souhaitée par tout le monde. Ensuite la deuxième possibilité était de faire la prison. Parce qu'une fois qu'un bateau est repéré par les garde-côte libyens, c'est inévitablement au gnouf pour demander de fortes sommes de libération. La dernière possibilité qui est d'ailleurs la moins souhaitée est de périr en mer en cas d'accident, de bagarre, de problème avec la boussole qui nous dirige ce qui sera synonyme de nous perdre en mer. La non-assistance ou non présence des navires humanitaires serait également un souci pour les sacrifiés. Tout migrant décidant de prendre la mer s'attend forcément à l'une de ces trois possibilités. Concernant notre cas précis, on continue la traversée sans incident majeur. Nous arrivons dans les eaux tunisiennes vers l'aube. C'est comme une petite colline qu'on remonta en quelques heures. Nous continuons notre chemin, vers midi nous étions maintenant dans la zone internationale. Avec une couleur bleue et une odeur pas comme les autres. Nous voyons des bateaux commerciaux, des dauphins et des oiseaux blancs. On commençait à être fatigué et certains même vomissaient. D'autres commençaient à s'inquiéter, car non seulement on n'avait pas rencontré un bateau de sauvetage, mais aussi et surtout notre carburant était presque fini. Nous apercevons un hélico qui survole au-dessus de nous et qui fait des tours autour de nous avant de partir. La joie et l'espoir renaissent dans nos cœurs. Mais la fatigue, les vomissements, les maux de mer, les envies de se mettre à l'aise et surtout le souhait de voir un bout de terre étaient devenus un besoin primordial chez les sacrifiés. Nous continuons notre voyage malgré tout. À un moment donné je ne pouvais plus supporter et je commence à vomir moi aussi comme plein d'autres passagers. Mon ami Alphonse me demande si ça va ? Je réponds en disant oui je peux tenir le coup mon ami ça va aller. Je vomissais un liquide jaunâtre, car je n'avais plus rien dans mon estomac depuis deux jours maintenant. Quelques heures plus tard, notre carburant finit. Désormais ce sont les vagues qui dirigent notre bateau. Les femmes et les enfants commencent à pleurer, car la mort était juste à quelques centimètres de nos âmes. Les vagues deviennent de plus en plus fortes et dangereuses et notre bateau balance comme jamais. La nuit approche à grands pas. L'hélico qui avait survolé au-dessus de nous en matinée refait un autre tour dans l'après-midi. Il essaie de nous orienter, mais hélas, car notre carburant était fini depuis longtemps pour pouvoir continuer le voyage. On appelle le numéro d'assistance d'urgence, une dame répond et nous pose quelques questions. Elle nous rassure que malgré la situation politique tendue et compliquée avec Salvini qu'elle va se battre pour nous sauver la vie. Elle entendait les pleures des enfants et des femmes. Elle était vraiment très préoccupée par la situation. Nous restons dans cette situation confuse, fébrile et fragile à la merci des vagues. Nous rappelons quelques minutes plus tard. La dame en pleure nous dit qu'elle n'a pas encore obtenu l'accord d'un navire humanitaire pour venir nous sauver. Néanmoins qu'elle va continuer de mener des démarches. Les garde-côtes libyens n'avaient pas droit de venir nous prendre, car nous étions beaucoup plus proches de l'Italie. Notre situation géographique obligeait normalement à l'Italie de nous venir au secours. Mais en vérité, le ministre de l'Intérieur Salvini était catégorique. C'est ça qui a compliqué la tâche aux navires humanitaires. La nuit tombe, le vent souffle et le bateau continue de balancer. Quelques heures plus tard, une partie du bateau commence à prendre de l'eau. Les bousculades commencent. Nous essayons de calmer les choses, mais les esprits s'échauffent et 2 personnes tombent à l'eau. Un enfant d'environ 9 ans est piétiné dans la bousculade. On se rend compte un peu tardivement.

On essaye de le réanimer, mais c'est déjà trop tard. Il est déjà mort. Ils le jettent à la mer pour diminuer la charge selon eux. Sa mère est inconsolable, elle pleure son unique fils. Un autre sacrifié se jette volontairement à la mer pour essayer de nager vers un grand bateau qui se dirigeait vers nous. On pensait qu'il venait pour nous sauver. Mais ce n'était pas le cas. Nous n'avions pas de batterie pour appeler le numéro d'assistance. Le jeune homme qui s'est jeté à la mer se noie sous nos yeux et on ne pouvait rien faire pour empêcher cela. À l'aide de nos chaussures et vêtements ainsi que les couvercles des bidons de carburant, nous enlevons l'eau dans notre bateau pour ne pas qu'il se noie. Autrement il allait sûrement couler. Mais malgré nos efforts, quelques heures après, une partie du bateau cède sous le poids des passagers qui se sont déplacés de l'endroit qui est percé. Il faut impérativement garder l'équilibre sinon le bateau va vraiment basculer et tout le monde mourra. Donc pour éviter le chavirement on calme les choses et redoublons d'efforts pour sauver nos vies. Dans la nuit profonde, un navire arrive et commence à nous sauver. C'étaient les garde-côtes libyens. Nous montons tous à bord et il commence à filer vers Tripoli. Il fil comme un TGV et nous arrivons au port au petit matin. Épuisé par le mal de mer, par la faim et la soif, on nous demande de nous asseoir en tabour (en rang) par pays pour pouvoir nous compter et faire la situation. De là, nous sommes directement embarqués dans des camionnettes pour être conduits en prison. Un sacrifié tente de s'en fuir au port en courant, il reçoit des balles réelles dans ses pieds et jambes. Il sera embarqué dans le même véhicule que moi. Je le vois se tordre de douleur, mais on ne pouvait rien faire pour lui. Arrivé dans la deuxième cour de la prison de Tadjourah, nous sommes évacués des véhicules sous la surveillance de la police bien armée et prête à tirer sur tout ce qui bouge. On est une fois encore systématiquement fouillé avant de rentrer dans les cellules. Ils prennent tous ce qu'ils trouvent sur nous. Même les bouts de papier sur lesquels les numéros de téléphone sont marqués ne sont pas épargnés. Nous serons enfermés dans un endroit très sale, sombre et encombré. Le lendemain l'organisation Médecins Sans Frontières arrive et s'occupe des cas les plus urgents. Le migrant ayant reçu des balles aux pieds reçoit de premiers vrais soins médicaux. Nous autres recevons des compléments d'aliments, des pâtes dentifrices et du savon. Nous y passons trois jours et deux nuits. Mais lors de la troisième nuit, les sacrifiés déterminés à sortir de la prison ou de mourir tentent une évasion. Ils offensent la porte au moment de recevoir le manger du soir. Nous sortons de la prison en courant, les policiers commencent à tirer. Je vois les balles qui sifflent sur le sol. Je n'avais jamais vu cela auparavant. Je suis effrayé et ne sais quoi faire. Mes jambes tremblent. J'avais cette fois-ci peur de la mort. Je vois certains essayant d'escalader le mur succomber sous les coups des tirs de la police. Je me retourne dans la prison et reste à ma place habituelle. Plus de 300 personnes réussissent à s'évader, mais très malheureusement 17 sont morts et 8 blessés graves. Ils rattrapent plusieurs d'entre eux et les tabassent à mort. Le lendemain, ils nous transfert dans une autre prison plus dangereuse et plus sécurisée. Ils n'ouvraient plus la porte pour nous donner le manger. La nourriture rentrait désormais par un petit trou qu'ils ont fait. La seule fois que la porte est ouverte c'est quand les organisations internationales comme : OIM, HRC, ou Médecins Sans Frontière viennent. Mais à ces occasions la sécurité est très bien renforcée. À part ça on ne voit jamais le soleil. Sauf le jour que le boss viendra faire le barnamice (business) pour faire sortir quelqu'un pour qui on a déjà payé. Une fois pendant le ramadan, on nous fait sortir pour recevoir du pain, des dattes et du lait qu'un monsieur avait offert aux migrants prisonniers.

Il faut noter au passage que la police libyenne joue avec les Européens sur la question migratoire. Parfois c'est l'un des policiers qui envoi les migrants sur la mer pour ensuite demandé à ses collègues d'aller les arrêter, filmer et montrer aux organisations pour dire qu'ils font bien leurs travaux. Une fois en prison, ils font sortir les sacrifiés, les font arrêter en rang en donnant à chacun de la bonne nourriture tout en filmant dans le but de montrer aux organisations qu'ils font très bien leurs boulots. Mais en réalité les migrants ne sont nourris que du pain, du macaroni et parfois du spaghetti. Les choses qu'ils vous montrent c'est juste un film pour vous soutirer de l'argent.

Quelques semaines plus tard, je tombe malade et je demande à sortir de cet endroit incroyable. À l'arrivée du boss de la prison, je sollicite parler avec ma famille. Il me passe son téléphone et j'appelle mon père qui était mort d'inquiétude. Je le dis que je suis en prison et pour sortir il faut 3000 dinars. Il se bat en empruntant de l'argent de gauche à droite pour m'envoyer. Une fois que l'Arabe a reçu le fric, il est venu me chercher dans la prison à minuit passé. Il m'a emmené jusqu'à côté d'une mosquée et m'a demandé de descendre de sa voiture. Je me suis débrouillé à trouver un taxi pour aller retrouver mes amis à Tripoli. J'étais très affaibli et malade. Je ne pouvais pas aller au Tchad (lieu où les blacks se réunissent pour chercher du travail). C'est moi seul qui restais à la maison. Le soir ils rentrent parfois avec de l'argent et parfois de la nourriture. Ils me donnent à manger et quelques jours plus tard je vais à la pharmacie acheter certains médicaments comme en Libye le noir n'a pas accès aux hôpitaux. Deux semaines après ma sortie de prison, le général Haftar bombarde la prison dans laquelle j'étais. Il y avait eu plus de 150 morts et plusieurs blessés. Mais heureusement rien de grave n'est arrivé à mon ami Alphonse qui avait été choqué et traumatisé par les bombardements. Comme les murs étaient déchirés et les fenêtres brisées, le reste des sacrifiés vivants et blessés ont pu sortir de la prison en marchant sur les morceaux humains. Des corps éparpillés par les bombes. Plusieurs personnes que je connaissais et d'autres que je ne connaissais pas, mais avec qui je jouais aux dames y ont perdu les vies sans jamais communiquer avec leurs familles respectives. Alphonse était devenu comme un fou, suite au choc qu'il a subi. Souvent il criait tout seul puis se taisait comme si ce n'était pas lui. Il me dit qu'il sautait sur les corps séparés en deux. Parfois des bras ou des jambes seules. Baldé lui était devenu complètement fou. Il prenait souvent le couteau contre nous. Il a fallu qu'on cotise pour lui faire retourner dans son pays. Parfois il nous disait qu'il est Gambien, parfois aussi il disait qu'il est Guinéen. Mais vu son langage nous avions décidé de l'envoyer en Guinée. Je viens avec lui au consulat de Guinée puis au siège de l'OIM où il sera photographié puis on prend ses empreintes digitales. Nous l'achetons quelques vêtements et une valise. Le jour du départ, Alimou l'accompagne jusqu'au siège de l'OIM où il sera pris en charge par cette organisation. Il prend quelques photos et vient nous les montrer au campo où j'étais couché malade. En même temps il me donne le numéro du consulat de Guinée en Libye que j'appelle plus tard en souhaitant m'inscrire pour retourner dans mon pays pour ne pas mourir sans revoir ma mère. Mon ami Alphonse aussi veut rentrer avec moi ainsi le petit Alimou. Nous nous inscrivons, prenons des photos et faisons les empreintes digitales. En attendant le jour du départ, nous partons tous les matins au Tchad chercher du travail. Le peu d'argent qu'on gagne, nous prenons pour acheter des habits et des téléphones. J'appelais souvent pour demander les nouvelles concernant notre retour au pays, on me disait souvent de patienter et de rester à l'écoute, qu'ils vont m'appeler une fois le vol sera prêt. Nous restons dans cette attente, un vendredi soir des hommes armés et cagoulés sont venus nous voler tout ce qu'on avait acheté pour le voyage. Nos téléphones, nos vêtements et nos chaussures ont été pris par force. Nous avons perdu les numéros du consulat ainsi que celui du représentant de l'OIM. Comme par hasard et pour ne pas arranger les choses, quelques jours après le vol de nos biens, Haftar bombarde l'aéroport également. Cela rend pire notre situation. Nous perdons tout espoir de retourner dans notre pays. Nous restons dans cette inquiétude et dans cette confusion. Mais bizarrement une lueur d'espoir de rejoindre l'Europe se pointe à notre porte. En effet Salvini qui était un blocus pour les migrants et les navires humanitaires vient d'être démis de ses fonctions de ministre de l'Intérieur. Nous étions contents par cette nouvelle. Mais la joie fut d'une courte durée. Parce que nous n'avions plus rien pour manger à plus forte raison pour payer un autre voyage. On ne pouvait pas non plus demander à la famille qui est déjà endetté jusqu'au cou. Notre seule et unique alternative était de se rendre au Tchad pour chercher du travail encore et encore. Quelque temps après nous nous rendons à Zaouïa dans le but de travailler, car à Tripoli ce n'était pas facile d'en trouver. Par la volonté de Dieu, nous trouvons un chantier appartenant à un directeur d'école. Nous travaillons pour lui presque trois mois. Nous parvenons à présent de mettre un peu d'argent de côté pour le voyage. L'un de nos amis a été injustement accusé de vol. On était dans l'obligation de rembourser le montant demandé par l'arabe. Notre ami n'avait rien volé. C'est juste parce qu'il est passé devant la boutique où le vol avait eu lieu quelques minutes après le vol quand il quittait au travail. Il a été vu dans les caméras en train de marcher. Et les Arabes disent qu'il en connaît quelque chose. Ils disent que notre ami connaissait les voleurs, ce qui est faux. Nous n'étions pas en sécurité là-bas non plus, car la police est venue embarquer tout le monde une nuit pour détention de stupéfiant. Or, rares sont parmi nous ceux qui fument de la cigarette. On n'avait rien d'illégal sur nous. Certains amis fumaient juste de la cigarette pour oublier les soucis selon eux. Quelques jours passés dans la prison, ils libèrent plusieurs d'entre nous parmi lesquels figure Mbo-ké. Les autres payeront des montants pour avoir de la liberté. Dans tout ça ce qui inquiète le plus les sacrifiés c'est l'offensive du général Haftar qui ne cesse de faire vibrer nos murs par ses bombardements. Sans oublier les agressions et parfois les attaques à l'arme blanche pour nous prendre nos téléphones et notre argent. Les sacrifiés qui ne voyaient les armes que dans les films entendent désormais les retentissements des armes lourdes comme le son des tam-tams et des balafons lors des grandes fêtes au village. Nous vivions avec les armes. Nous vivions la guerre en réalité. Pour sauver nos âmes, pour ne pas y mourir, nous décidons donc de quitter ce pays où Dieu n'existe plus depuis plus d'une décennie. Nous partons chez un Arabe qui nous demande de payer une somme de 3000 dinars pour les femmes et 2000 pour les hommes. Nous n'avions pas cette somme pour payer le voyage. En plus mon ami Alphonse n'avait pas trop confiance à cet arabe. Il voulait qu'on parte chez un autre. Nous discutons longuement entre nous et à la dernière minute nos chemins se séparent. J'avais un peu de dinars et d'euro avec moi et même chose pour Mousté. Nous partons expliquer tous les détails à l'arabe qui difficilement accepta de me prendre avec Mousté et certaines femmes que je connaissais. La nuit, ils commencent à transporter les matériels de voyage au bord de la mer. Les Arabes font le tri de ceux qui ont payé ou pas le voyage. Ensuite ils numérotent les partants. Enfin ils revendent des gilets de sauvetage pour ceux qui ont de l'argent. Ils commencèrent à transporter les migrants dans des camions, des pick-up et des véhicules personnels. Notre tour arrive. Ils nous fouillent pour prendre tout ce qu'on avait sur nous comme argent, bijoux, téléphone, vêtement, chaussure et même des livres sacrés comme le coran et la bible. Puis nous sommes entassés et couverts par une bâche jusqu'au bord de la mer avec des instructions fermes de ne faire aucun geste, aucun bruit ni aucun signe pouvant attirer l'attention de la police. Malgré le fait qu'on nous avait dit qu'ils avaient négocié avec la police. Arrivé au bord de la mer, ils font asseoir les sacrifiés en rang. Ils demandent un silence de cimetière. Nous sommes gardés et observés comme de l'huile sur le feu. Ils choisissent certains parmi nous pour les aider à vite monter le zodiac. Une fois cela fut fait, ils demandent aux sacrifiés de transporter le bateau pneumatique sur l'eau. Certains se précipitent pour monter, d'autres comme des filles ont peur et se retiennent. Les Arabes tirent en l'air plusieurs coups de fusil pour calmer la situation. C'est dans cette impasse que Mbo-ké profite prendre un enfant sur ses épaules pour tenter de monter dans le bateau. Je fais monter l'enfant qui rejoint sa mère et son frère. Une dizaine d'autres monte pour remplir le zodiac comme un œuf. L'arabe vient avec sa kalachnikov et quelques sachets contenant de la nourriture qu'il donne au capitaine puis redescend. Le capitaine démarre le moteur. Il était en panique et effrayé comme bon nombre d'entre nous. Il fait tourner le bateau en rond sur place. Tout le monde crie et demande qu'on change le capitaine. Mais il n'y en avait pas un autre. L'arabe revient et lui donne une paire de gifles puis lui demande de se calmer et de rouler tranquillement. Il retrouve ses esprits et prend la bonne direction. Je regarde derrière, je vois un grand nombre de sacrifiés devant se retourner au campo par faute de place. L'arabe prend son petit bateau personnel et nous accompagne quelques minutes en observant le capitaine. Un peu plus loin, il montre du doigt la direction à suivre, nous souhaite bonne chance et se retourne. C'était aux alentours de 23heures ou minuit. Des hommes des femmes et des enfants sont abandonnés à leurs sorts dans un bateau pneumatique sur une mer méditerranée d'une profondeur de 5267 m. Je regarde les lumières de la Libye et je prie Dieu de ne plus jamais remettre les pieds dans ce pays d'enfer. Chacun prie dans son cœur ou ouvertement. Chacun fait sa dernière prière en sachant qu'on peut rejoindre l'autre bout du monde ou retourner en prison en Libye ou mourir dans les profondeurs de la méditerranée comme plusieurs autres sacrifiés. Le moteur déchire l'eau, j'entends les vagues, car un grand silence régnait dans le bateau. Quelques mètres nous séparent de la mort. Assis sur le ballon du zodiac, un pied dans l'eau, je pense à ma mère et au dernier mot qu'elle m'avait dit et là où on s'était séparés. Mais c'est comme si quelque chose me disait Mbo-ké n'aie pas peur, tu es un homme, un homme de chance qui va rentrer en Europe, avoir une vie meilleure et raconter ton histoire à tes enfants. J'étais entrain de rêver étant assis sur un bateau fragile. C'est une voix qui me fait sursauter, disant voilà un bateau devant nous. Nous demandons au capitaine de contourner ce dernier, car il se peut que ce soit les Libyens. Nous continuons notre chemin en contournant plusieurs autres grands bateaux. À l'aube, j'aperçois des oiseaux blancs et des vagues bleues. Dans le bateau, je réalise que quelques-uns avaient uriné et d'autres ont vomi. On commençait à avoir faim et à être fatigué. La peur avait quitté nos ventres et nos cœurs. Je n'avais plus peur de la mort et je priais pour pouvoir rejoindre l'Europe. Quelques heures plus tard, nous apercevons un hélicoptère, certains demandent qu'on appelle, d'autres disent d'attendre d'abord. Mais le boussolier se décide d'appeler. Il donne les cordonnés géographiques de notre bateau. Une dame lui dit qu'on a dépassé les navires humanitaires. Elle dit qu'un navire vient vers nous, de rester sur place. Le capitaine dit qu'il n'a pas confiance, car une fois c'est comme ça que les Libyens sont venus les prendre pour aller les mettre en prison. Il continue de rouler. Quelque temps après je commence à vomir moi aussi. Mais je n'ai presque rien mis dans le ventre, car la veille du voyage on nous interdit de manger pour ne pas trop salir le bateau. Je suis fatigué par les maux de mer et par le long trajet. Nous apercevons de loin un bateau venir derrière nous. C'est la panique totale, car certains disent que ce sont les Libyens parce qu'ils viennent par-derrière et n'ont pas de drapeau. D'autres disent que c'est peut-être les bateaux de sauvetage européens dont parlait la femme au téléphone qu'on a dépassé et qui venait vers nous. Il était loin pour savoir s'il y'avait un drapeau ou pas. On ne pouvait pas le savoir. Néanmoins il continue de rouler. Quand il était un peu plus proche de nous, ils font descendre des petits bateaux rouges. C'est là qu'on a commencé à croire que ce ne sont pas les Libyens. Ils s'approchent de nous plus vite que le grand bateau. Ils nous demandent de nous calmer et de rester tranquillement assis à nos places. Qu'ils vont nous sauver. Pendant qu'ils demandent le nombre de femmes et enfants, l'autre petit bateau arrive avec des gilets qu'ils donnent à tout le monde sans exception. Ensuite ils commencent l'opération de changement de bateau. Nous devons enfin voir le bout du tunnel, nous devrions quitter le bateau pneumatique fragile pour un grand navire humanitaire. C'est honnêtement l'un des plus beaux jours de mon existence. Ils commencent par les femmes avec les enfants et tour à tour je vois ma main pâle avec ma peau noire foncée dans une main blanche étrangère sensible au grand cœur. Bienveillante et altruiste. Une main douce et sensationnelle accompagnée d'un regard plein de tendresse, d'amour et d'émotions. Le monsieur aux yeux bleus me tire vers lui, j'étais très affaibli par les vomissements et par les maux de mer. Je suis confortablement bien assis dans ce bateau sûr et très différent du nôtre pneumatique. Les autres continuent d'être évacués. Ils se précipitent et deux tombent à l'eau, mais heureusement ils avaient tous des gilets de sauvetage. Cet autre petit bateau nous conduit au grand et sûr bateau. Au fur et à mesure qu'on s'approche, je vois clairement le pavillon et le nom du navire. Il s'agissait du navire Sea-Eye nommé ALAN KURDI. Je monte dans ce grand et rassurant bateau. Je remercie mon créateur. Je regarde le soleil, il était neuf heures ou dix heures du matin. Je regarde au fond de la mer, je vois ces choses effrayantes qui y circulent. Mes larmes coulent, j'étais à présent sûr et certain de ne pas mourir par noyade en tout cas pas pour cette fois-ci. Ensuite j'étais convaincu ne jamais remettre mes pieds en Libye. Mais je me posais tout de même quelques questions sous mon drap en aluminium couché sous le soleil à la terrasse du bateau. Ils finissent l'opération de sauvetage et font le diagnostic pour voir s'il y a des cas qui nécessitent une prise en charge urgente. Ensuite ils nous donnent des vêtements pour enlever ceux dans lesquels il y a de l'urine, de la vomissure et autres. Enfin ils nous donnent de la nourriture et un numéro à chacun pour faciliter l'identification. Quelques heures plus tard, on nous réunit tous pour faire une brève présentation et la capitaine nous affirme qu'on ne sera pas ramené en Libye comme l'avaient murmuré certains. Mais qu'au contraire on va bel et bien rejoindre l'Europe et précisément en Italie. Nous étions très contents et soulagés par son discours. Deux jours après la capitaine revient nous faire comprendre qu'on ne pouvait plus débarquer en Sicile comme prévu. Qu'un autre navire du nom d'Océan viking avait plusieurs centaines de migrants à bord et devait débarquer en Italie. Par conséquent nous notre navire devait faire demi-tour pour se diriger vers Malte où on doit être débarqué finalement. On voyait déjà les lumières de la Sicile au moment que la capitale nous parlait. Nous qui pensions pouvoir remettre nos pieds sur terre, devrions prendre notre mal en patience. Quelques jours passèrent et l'inquiétude commence à gagner les esprits. Les uns pensent qu'on est simplement victime d'une manipulation et qu'on sera retourné dans les prisons en Libye comme plusieurs de nos amis par le passé. Mais d'autres comme moi pensions fermement qu'on est dans des bonnes mains et qu'on va débarquer à Malte comme convenu. Mais quand tu es en Italie et tu veux te rendre à Malte par voie maritime c'est un peu comme si tu allais en Libye, car c'est presque la même orientation. Certains sacrifiés ont commencé à crier au bord d'ALAN KURDI, nous les calmons avec de bons arguments. Les jours et les nuits se succèdent et dans la nuit du 29 décembre 2019 nous voyons enfin le bout du tunnel. On nous annonce qu'un navire de la marine maltaise se dirigeait vers nous et qu'on sera transféré dans cet autre bateau. Encore une fois c'était de l'euphorie, de la joie totale. La séance des prises de photos et des accolades en guise de remerciements et d'au revoir commence. Certains s'échangent des contacts, d'autres des réseaux sociaux. Quelques heures plus tard, les Maltais arrivent et commencent le processus de transfert. Tout le monde était déjà en gilet avec des vêtements contre le froid, chacun attendait son tour avec impatience. On voyait de loin presque la totalité de cette petite île de 35 km2. Nous montons tour à tour dans ce bateau. Mon tour arrive, je regarde le personnel d'ALAN KURDI les larmes aux yeux de part et d'autre. Avec un signe de la main, je leur dis au revoir. Juste avant de monter, je retourne faire un gros câlin à tout le monde surtout à la capitaine qui était aussi en larme. Les jours qu'on avait passés ensemble dans ce bateau ont créé un grand lien entre nous. Nous montons tous à bord. Ils comptent et on était une centaine. Le bateau bouge, mais jusqu'à environ 5 minutes tout le monde disait MERCI et levait la main pour dire au revoir. Nous partons à grande vitesse incomparable à l'autre dans lequel nous étions. Un peu plus tard nous arrivons enfin sur terre où des bus nous attendaient déjà. Nous descendons du bateau, mais certains moi y compris ne pouvions pas bien marcher. Néanmoins on s'efforce à prendre la route. Les bus nous amènent dans une sorte d'hôpital. La police passe aux fouilles systématiques de tout le monde avant de nous prendre en photo les uns après les autres avec chacun un numéro. Le mien par exemple était le 54. Ensuite ils nous font des visites médicales en enfin nous donne à manger. C'était une sorte de sandwich avec un bidon d'eau. Nous mangeons dans la cour vite fait sous la surveillance de la police pour ne pas s'en fuir ou se mélanger aux autres migrants qui y étaient par le passé. Nous nous mettons à l'aise à tour de rôle avant d'être embarqués pour une destination inconnue. On profite contempler les belles constructions de Valetta. On arrive dans un camp militaire dans la ville de Marsa. Nous voyons des gens à l'étage, certains assis à la fenêtre nous souhaitent la bienvenue. La police nous demande de descendre un à un et de nous arrêter en rang. Nous rentrons dans l'immeuble et au fond à gauche, on est à nouveau fouillé pour prendre tout ce qu'on avait sur nous comme téléphone, argent, bijoux et pièces d'identité. Mais cette fois-ci, à la différence de la Libye, tout est enregistré avec nos noms et gardé dans un endroit sûr. Ensuite ils nous demandent d'enlever tous nos vêtements qu'ils font remplacer par de nouveaux vêtements communs. On ressemblait beaucoup plus à une équipe de prisonniers que de footballeurs. Ils nous donnent des draps et des oreillers. J'étais très fatigué et j'avais vraiment envie de trouver un lit pour me coucher. Je pensais comme la plupart d'entre nous qu'on allait y passer juste quelques jours avant d'être partagés dans les pays membres de l'Union européenne comme nous l'avait promis la capitaine d'ALAN KURDI. Ils nous font monter au troisième étage et nous montrent des petits lits superposés comme dans une garnison militaire ou dans certains hôpitaux. Je rentre et m'installe au fond à droite. Mes amis guinéens, sénégalais, maliens, ivoiriens, congolais, burkinabés, etc. s'installent au tour de moi. Les Syriens, Bangladesh, Maghrébins, Soudanais et autres passent dans la chambre d'à côté. Les quelques-uns qui ne trouvent pas de la place viennent dans notre chambre. J'étale mon petit drap blanc sur le lit et me couche. Après quelques échanges et interrogations entre nous, le sommeil et la fatigue nous envahissent. Je ne me réveille que le lendemain dans une prison aux alentours de 9heures. La police arrive, les gardiens ouvrent le premier portail puis le second. Ils commencent à distribuer de la nourriture. Avant qu'ils n'arrivent chez nous, étant assis à la fenêtre je profite demander aux anciens qui étaient là, ils me disent que c'est de cette façon que les choses se passent ici. Qu'ils sont dans ce camp depuis presque 4 mois maintenant. Qu'ils n'ont pas accès aux soins médicaux ni à leurs affaires personnelles comme les téléphones portables et autres. Qu'ils sont coupés du reste du monde, car n'ayant aucune information et ne pouvant pas sortir même dans la cour pour prendre de l'air et du soleil.

La distribution de la nourriture continue jusqu'à arriver chez nous. Je vois une mini baguette avec une orange, du nescafé, du sucre et du lait être déposés sur chaque lit. Le nescafé et le sucre étaient partagés dans des petites tasses et un bidon d'un litre de lait était pour deux personnes. Pour avoir de l'eau chaude, il faut soit aller dans les toilettes ou faire la queue devant les douches. On finit de prendre le petit-déjeuner et on commence à bavarder entre nous. Des questions par ci et des interrogations par là. On était contrarié par ce qu'on venait d'apprendre des anciens. Mais une chose était claire, je préférerai mille fois cette prison à la liberté de la Libye. À midi, ils arrivent à nouveau et nous donnent chacun un plat de riz avec une pomme. Certains mangent tout de suite et d'autres gardent pour plus tard. Quelques minutes plus tard, une délégation du Haut-Commissariat des Réfugiés nous rend visite. Ils nous réunissent dans une salle où les uns commencent déjà à s'enflammer pensant qu'on va très vite quitter cet endroit. D'autres préfèrent se calmer et observer. Mais une chose est sûre selon les anciens qu'on a trouvé sur place qu'on a de la chance par rapport à eux. Parce qu'eux n'avaient vu le HCR que deux mois après leurs arrivées. La délégation nous explique en quelque sorte les grandes lignes de ce qui va se passer concernant notre procédure. Après cette rencontre nous étions situés et soulagés. Le lendemain matin les interviews commencent et les souffrants partent à l'hôpital. Peu à peu tout le monde dans notre groupe fait la première interview excepté les mineurs qui étaient parmi nous. Une fois cela terminé, en février les secondes interviews commencèrent notamment avec une délégation de la France comme premier pays venu au chevet des migrants suivis après par l'Allemagne, le Luxembourg, etc. Lors de l'interview, les Français furent être agréablement surpris par ma maturité, mon humilité, ma modestie et surtout par la qualité de mon langage. Mon français était clair et limpide. Les autres avaient du mal à comprendre les dires des Français et ils avaient des problèmes à s'exprimer. Ce qui était tout le contraire chez moi. Ils mettaient du temps à comprendre ce que les migrants voulaient dire, ce qui n'était pas le cas avec moi qui avais le verbe facile, je répondais à la question posée. C'est la dame même qui me l'avoue à la fin de notre entretien que son collège ne s'était pas trompé en disant que je m'exprime bien. Ensuite elle me dit que j'ai été choisi par la France. J'avais des papillons aux ventres. J'étais vraiment très content. Moi qui rêvais de visiter ce beau pays un jour, mon rêve allait devenir une réalité. Moi qui avais fait une promesse à Dieu que s'il me donne la chance d'aller en France et surtout à Paris, j'allais jeûner 2 jours pour lui en guise de reconnaissance et de remerciement. Nous restons désormais à l'attente du jour de voyage. Mais très malheureusement un incident majeur, je veux dire un fléau, une pandémie mondiale vient compliquer les choses. Il s'agit du coronavirus. Un virus très contagieux, très dangereux et mortel qui touche tous les continents à travers le monde. C'est la panique totale et la peur bleue au ventre. Nous qui rêvions d'aller en France dans quelques semaines, on pense désormais à la fin du monde, donc à notre mort sans pouvoir parler à nos familles respectives. Nos biens personnels comme les portables étant pris et nous n'avions pas de télévisions pour être informés. C'était la confusion totale. On se consolait juste avec les quelques informations qu'on obtenait des services de sécurité. On apprend qu'en Europe des pays comme : l'Italie, la France, l'Allemagne, l'Espagne et l'Angleterre sont très touchés par le covid-19. La Chine, le Brésil, la Russie, les USA étaient également gravement touchés. L'Afrique n'était pas non plus épargnée par la pandémie. Connaissant la qualité désastreuse des infrastructures hospitalières ainsi que le niveau limité du personnel soignant africain, j'imaginais le pire pour ces millions de pauvres qui n'ont pas accès aux hôpitaux. Je ne pensais plus revoir mes parents un jour. Certains amis même me demandaient parfois si ce n'était pas la fin du monde, compte tenu des statistiques hallucinantes du covid-19 à travers le monde. Des jours puis des semaines passèrent, nous étions toujours confus et paniqués. Nous demandons aux autorités maltaises de nous aider à avoir un moyen d'être informés puis de nous permettre de communiquer avec nos familles si possibles. Ils acceptent notre doléance. Quelques jours après, chaque étage avait désormais une télévision pour être informé et édifié par rapport à la situation pandémique. Mais il y a un problème. Tous les sacrifiés ne parlent pas la même langue. Il fallait nécessairement trouver une solution, un compromis. C'est ce qui fut être fait. Le journal devait passer en arabe puis en anglais et enfin en français. Nous voyons nous-mêmes les choses à la télévision. C'est n'est plus les paroles du service de sécurité. L'inquiétude grandit chez les sacrifiés après avoir regardé les premiers journaux. Nous étions morts d'inquiétude pour nos parents, nos amis et nos connaissances. Nous restons quand même calmes dans ce camp. Tous les matins, nous voyons les militaires faire leurs rassemblements habituels. Un jour nous sommes réveillés par les techniciens qui étaient venus installer des téléphones pouvant nous permettre d'appeler. Après l'installation il fallait également s'organiser pour permettre à tous et à chacun d'appeler sans créer un désordre. On s'organise et chacun pouvait appeler, mais en fonction de son numéro identifiant. Les appels commencent et les sacrifiés se succèdent à tour de rôle, car tout le monde est inquiet et chacun veut prendre des nouvelles de sa famille. Ils continuèrent peu à peu et quelques jours après mon tour arrive. Je descends pour passer un coup de fil très important, mais très malheureusement vu tout ce que j'ai subi dans les prisons et dans les camps militaires en Libye m'ont fait oublier les numéros de téléphone de ma mère et de mon père. Je ne souvenais plus que de 2 numéros à savoir mon propre numéro et celui de Lazé. J'appelle cette dernière et quand elle décroche dès qu'elle reconnaît ma voix elle commence à pleurer en disant que tout le monde pensait que je suis mort par noyade ou par les bombardements en Libye, car j'avais fait plus de 3 mois sans me connecter ni appeler. Ils n'avaient aucune nouvelle de moi. Je ne laisse pas Lazé aller au bout de ses explications, car j'avais juste 2 minutes d'appels comme tout le monde. Je demande les nouvelles de ma mère ainsi que les autres membres de la famille. Elle me rassure que tout le monde va bien excepté le décès de ma tante Hadja Fatoumata. Mais que sa mort était naturelle donc n'avait rien à voir avec le covid-19. J'étais soulagé d'une part, mais trisse d'autre pour ma tante. Avant de raccrocher, elle me promet qu'elle va appeler ma mère pour l'annoncer que je ne suis pas mort et que je me trouvais à Malte. C'était un ouf de soulagement, une sorte de délivrance d'un fardeau que je portais. Mais malheureusement plusieurs autres sacrifiés avaient perdu des membres proches dans leurs familles.

Miraculeusement aucun décès n'était dû au covid. Nous étions étonnés de voir à la télé que l'Afrique était moins touchée par rapport aux autres continents. Parfois même on se demandait par quel miracle ? Nous sommes restés dans cette situation, mais au fur et à mesure nous voyons que des mesures et des dispositions étaient en train d'être prises pour un éventuel déconfinement. Nous restons dans ce camp plusieurs autres mois après les différentes interviews. Les sacrifiés commencent à s'impatienter et les bagarres se multiplient. On restait devant la télévision jusqu'à 6heures du matin juste pour être informé de la situation pandémique. Nous voyons l'intensification de la guerre en Libye et nous nous disons qu'on est très chanceux et qu'on a très bien fait de quitter ce pays d'enfer et de guerre, car en plus de tous ce qu'on subissait si le covid se mêlait à cela notre situation allait devenir encore plus compliqué. On avait pris la meilleure décision à ce moment, à cet endroit et dans cette situation. Nous voyons également des vaccins qui étaient en train d'être faits pour remédier à ce virus mondial. Dans la peur, l'inquiétude et dans la lueur d'espoir d'un lendemain meilleur, les jours étaient très longs pour nous. Mais comme c'était le ramadan, la plupart des sacrifiés profitaient dormir la journée. Un jour, au petit matin, pendant qu'on dormait, la sécurité vient frapper à notre porte avec une liste en main. Ils commencent à appeler nos numéros comme d'habitude et arrivé sur le mien je pensais que c'était pour descendre passer un appel, mais à ma très grande surprise le monsieur me demande de retourner prendre toutes mes affaires et venir avec. Et quand je demande pourquoi ? Il me dit qu'on doit voyager. C'était l'euphorie totale, la joie dans tout le camp, car venait de renaître l'espoir de sortir de la prison et de partir dans son pays de rêve. Ils nous font descendre dans une salle où on n'était en contact avec personne. Une dame vient nous dire qu'on ira en France qui venait juste d'être déconfinée quelques jours plutôt. Elle nous explique toute la procédure à suivre jusqu'au jour de départ. On devait d'abord faire un test covid, puis partir à l'hôpital faire une visite médicale, un examen général pour détecter le moindre problème de santé. Enfin on a donné à chacun d'entre nous un document expliquant les différentes étapes à suivre de notre procédure une fois arrivés sur le sol français, elle nous donne également un masque, un gel désinfectant, un complet de vêtement, une paire de chaussures et un sac. Nous suivons ces différentes démarches en quelques jours. À la vielle de notre départ, ils nous demandent de ne rien apporter avec nous à part ce qu'ils nous ont donné. On ne devrait rien dire aux autres sacrifiés pouvant les inciter à se manifester ou créer du désordre dans le camp. Nous acceptons de coopérer et d'obéir aux instructions. Le jour du voyage arrive, on se lève très tôt pour prendre une bonne douche puis nous portons les vêtements qu'ils nous avaient recommandés. Nos amis au niveau des fenêtres et à travers les petits trous observent la route comme un chasseur guette sa cible. Ils veulent tous nous voir partir pour nous dire au revoir. Le bus arrive et nous sommes prêts pour sortir de la prison direction Paname. Les agents de sécurité passent aux fouilles pour voir si on n'a pas pris des choses illégales. Ils appellent nos numéros et on s'aligne par ordre. Ils nous demandent de sortir pour monter dans le bus. Une fois que la première personne du groupe a franchit le seuil de la porte, j'entends nos amis crier comme si c'était l'équipe de France qui avait marqué un but à la coupe du monde. Je pensais qu'ils dormaient, mais ce n'était pas le cas. Ils montent dans le bus à tour de rôle et à mon tour je sors et lève ma main comme un président de la République saluant son peuple. Nous montons tous dans le bus puis bougeons en direction de l'aéroport de Malte. Une fois sur le lieu, ils nous remettent nos biens qu'ils avaient pris le jour de notre arrivée sur leur territoire. Je récupère enfin mon téléphone pour prendre des photos de souvenirs. Ils nous donnent des laissez-passer. Ensuite nous fouillent à nouveau avec un chien et du rayon X. Nous patientons quelques minutes dans la salle d'attente. Nous profitons nous mettre à l'aise pour ceux qui en avait besoin. Il y avait deux jeunes dames à nos chevets. Il s'agit de Virginie et Myriam. Elles étaient compréhensives, attentionnées, gentilles et toujours à l'écoute. Elles nous demandent de prendre nos affaires et monter dans un autre bus pour nous rapprocher du vol qui doit nous emmener. C'est ce qui fut être fait rapidement. Arrivée auprès de l'avion, Virginie nous fait comprendre qu'elle ne viendra pas avec nous, mais qu'on sera accompagné par Myriam. Elle nous explique comment les choses vont se passer une fois arrivée en France. Nous montons calmement dans le jet privé les uns après les autres. Et l'oiseau s'en vol direction Poissy Charles de Gaulle. En l'espace de quelques minutes, j'ai réalisé que Malte était juste une étape de notre voyage, de notre parcours et de notre histoire, mais que ce n'était pas le terminus. Nous étions au nombre de 17 sans compter Myriam, l'hôtesse et le pilote. Dans les airs je regarde au-dessous de nous et je vois des nuages et surtout cette immense étendue d'eau interminable. Je remercie une fois encore mon créateur pour la chance qu'il m'a accordée en quittant la Libye dans la nuit au bord d'un bateau pneumatique, on pouvait faire un accident, tout comme on pouvait être rattrapé et reconduit en prison et pire on pouvait nous perdre dans cette unicolore mer méditerranée. Je remercie Dieu de m'avoir choisi parmi tant de sacrifiés pour m'envoyer dans mon pays de rêve, de sécurité et de paix du cœur. Nous étions très contents et excités par le voyage, car pour la plupart c'était la première fois de voyager en avion. Nous arrivons à Paris dans la journée. À l'aéroport, nous sommes repartis en deux groupes voire même 3. Le premier groupe est envoyé à Clichy, le deuxième qui est le mien est envoyé à Antony et enfin une dame qui était parmi nous est envoyée à Fontenay-aux-Roses avec ses enfants. Nous arrivons à Antony dans l'après-midi et nous sommes accueillis par les assistantes sociales qui nous présentent le centre et nous parlent des règles qu'il faut respecter. Enfin ils nous montrent les endroits où dormir. On en avait vraiment besoin à cause de la fatigue du voyage et de l'insomnie de la veille, c'était logique. Nous n'étions pas tous les 5 dans la même chambre. Nous étions repartis dans des chambres où il y avait déjà 2 ou 3 personnes. Il y avait des Afghans, des Soudanais, des Tchadiens, des Guinéens, des Somaliens, etc.

Quand je me réveille le lendemain, j'étais à la fois content, triste et inquiet. Content parce qu'à présent je suis en sécurité dans mon pays de rêve. Triste pour toutes ces personnes qui ont perdu la vie sur cette route migratoire. Inquiet pour mes amis qui sont dans les prisons en

Libye ou pris en otage par les combats entre les militaires d'une part et entre trafiquants bandits et la police d'autre part.

Quelques jours plus tard, nous partons à la préfecture de Nanterre pour l'enrôlement. Tout se déroule bien et quelques semaines plus tard, ils nous demandent de déposer nos dossiers de demandes d'asile à l'OFPRA. Nous le faisons le plus vite possible. Deux mois plus tard, nous recevons des courriers recommandés. Nous avions bénéficié de la protection internationale. Certains parmi nous avaient désormais des statuts de réfugiés et d'autres de la protection subsidiaire. Les gens étaient très étonnés, car certains avaient fait des années sans être appelés pour les interviews à plus raison d'avoir une réponse. Nous qui n'étions même pas passé à l'OFPRA pour l'interview, avions des papiers en quelques mois seulement. Néanmoins il faut rappeler qu'on avait déjà fait plusieurs interviews à Malte. Chose qui peut expliquer le fait qu'on n'a pas refait d'autres interviews ici en France.

J'ai vu des gens qui ont la volonté et la capacité de travailler, mais qui sont entrain de souffrir sans papiers pendant que d'autres dorment tranquillement avec des papiers de 10 ans, ils ne font rien comme travail ou formation, ils attendent juste les aides de l'État chose que je déplore et déteste sincèrement.

Nous sommes arrivés en France en pleine situation de pandémie, mais malgré tout, je commence à travailler. Mais je n'ai jamais annoncé à mes parents que j'ai obtenu le fameux sésame, car ils pensent qu'une fois en occident en situation normale administrativement, l'argent pleut sur toi comme des grêles. Ils ignorent complètement la réalité sur le terrain et pensent que tout est rose en Europe. Ils se fient à ce qu'ils voient sur les réseaux sociaux ou sur les médias. Pourtant tout ce qu'on voit à la télévision ne résume pas la vie quotidienne des populations. Il y a du bon et du moins bon dans nos États.

Je continue à travailler sous la neige comme sous la canicule, mais personne ne va t'appeler de l'Afrique pour juste te saluer et prendre de tes nouvelles, savoir comment tu vas. Est-ce que tu es malade ou pas ? Est-ce que tu trouves à manger ? Est-ce que tu dors dehors ? Est-ce que ton insertion et ton adaptation se passent bien ? Non, jamais aucun être ne te le demandera. Toute personne qui t'appelle c'est pour te demander de l'argent, c'est pour se faire pitié. C'est pour pleurer, se lamenter au téléphone en demandant ton aide. Ils font comme si tu ne les assistes pas, ils vont tout de suite mourir. Les appels et les messages se multiplient à longueur des journées et des nuits. Les parents manches longues qui ne sont pas proches de toi t'appelleront sans regarder l'heure et sans se soucier de ce que tu peux être en train de faire, ils oublient qu'il y a un décalage horaire entre l'Afrique et l'Europe. Les parents, amis et connaissances qui t'avaient complètement oublié pendant que tu croupissais dans les prisons en Libye, ils vont commencer à t'appeler et insister pendant tes heures de service. Tu deviens l'espoir de toute la grande famille, la vache laitière de tes faux amis profiteurs. Tu deviens la cible numéro 1 de toutes sortes de critiques, de malédictions quand tu dis ne pas être mesure d'aider. Mais ce qui reste clair, on ne peut pas aider et satisfaire tout le monde. Même si on avait un très bon salaire à plus forte raison quand on ne touche que le SMIC. Sachant bien qu'on a le loyer à payer, le frigo à remplir, la carte Navigo à recharger, la connexion internet à payer et autres dépenses imprévues à effectuer sans oublier qu'on doit épargner un minimum pour nos futurs projets. En quelque sorte on devient les sacrifiés de nos familles. On se prive de tout ici pour les rendre heureux. Et personne ne t'appellera pour te remercier ni même te confirmer qu'elle a récupéré l'argent envoyé. Si on reste dans cette situation, quand et comment pourrons-nous réaliser nos projets ? Comment et quand allons-nous pouvoir nous marier ? Nous sommes indexés comme une source de problème, d'insécurité, de violence, de délinquance par certains leaders politiques. Des leaders polémistes et/ou populistes. Nos prénoms et nos religions sont mal vus et interprétés. Pendant ce temps on est critiqué par la tante ou l'oncle à qui on n'a pas envoyé de l'argent pour une énième fois. Ton ami ne te parle plus parce que tu ne l'as pas envoyé l'argent pour la fête de fin d'année ou pour fêter l'anniversaire de sa copine. Pourtant toi tu es là tu ne dors pas bien, tu fais des cauchemars, car les images des mauvais souvenirs de ton passé sont toujours en train de te hanter. À un moment donné on se pose des questions du genre : Pourquoi moi ? Qu'est-ce que je fais ici ? Pourquoi tant d'acharnement, de demandes et de critiques sur moi ? Les réponses à ces différentes interrogations nous amènent à confirmer une évidence, il y a une pauvreté accrue dans certains endroits du monde, une grande inégalité au niveau des conditions de vie. Les qualités de vie sont très différentes. L'injustice sociale est flagrante. Les nouvelles technologies de l'information et de la communication mettent en lumière la différence palpable des situations des continents. Les enfants qui cultivent le cacao, le café meurent de faim et ne connaissent pas la couleur du chocolat. Les pays producteurs des ressources comme : le diamant, l'or, l'aluminium, la bauxite, l'uranium, le pétrole, le fer, le cobalt et tant d'autres sont incapables de nourrir ses populations, de trouver de l'emploi à ses jeunesses.

Nous encaissons ces innombrables coups et sourions aux gens malgré nos multiples problèmes. On réalise qu'on a pris tous ces risques pour traverser le désert et la méditerranée, de fuir des prisons et des bombardements. Nous avons été victimes de discrimination, d'injustice, de viol et de violence dans plusieurs pays. Nous avons supporté les mauvais regards, les traitements inhumains et le racisme. Nous avons également supporté la faim, l'humiliation, les injures et l'indifférence juste parce qu'on vise un objectif, parce qu'on veut une vie meilleure. Nous prônons un monde équitable et juste. En gros nous souhaitons goûter au fruit appelé BONHEUR. Mais qu'est-ce que le bonheur en réalité. La définition du mot dépend de la profession, de la situation géographique ou des besoins de celui qui définit. La conception du bonheur diffère selon les communautés, les continents, les modes de vie, etc. Le psychologue et le médecin n'ont pas la même définition du bonheur tout comme le touriste et le prêtre n'ont pas la même idée du mot. Le chef d'entreprise et le parieur au loto n'ont pas les mêmes appréhensions du bonheur. Le migrant clandestin et le politicien ne seront pas d'accord sur la définition du bonheur. En amour, en amitié, en famille ou au travail il y a des sentiments de bonheur et de malheur quelques fois dans notre vie. Ce qui me fait plaisir, moi, c'est d'être en bonne santé et de rendre les autres heureux. Je veux être utile aux autres, rendre service quand quelqu'un, un animal ou une plante est dans le besoin. Mais et si le bonheur était d'être avec ses parents et amis en se contentant de ce que l'on possède par rapport à ce que l'on désire avoir ?

Les demandes encaissantes venant de nos parents, de nos amis et de nos collaborateurs sont dues à quoi au juste ? Est-ce que c'est parce qu'ils sont des vauriens et ne font rien pour sortir du gouffre de la pauvreté ? Ou bien c'est parce que le système les empêche de s'en sortir ? Je pense qu'ils ne sont pas totalement la cause de leurs situations, mais qu'ils doivent mieux faire pour voir le bout du tunnel.

Mbo-ké continua de se battre, de travailler honnêtement. Il fait la rencontre d'une belle et charmante fille qu'il épousera par la suite. Avec cette fille ils auront des enfants. Il aura une vie professionnelle et amoureuse merveilleuse, paisible, calme et réussie. Il retourne dans son pays d'origine quelques années après son mariage. Il y est allé avec sa femme et ses enfants. Mia était très âgée maintenant. Elle était très contente de revoir son fils Mbo-ké et de voir sa fille et ses petits-enfants. Quelques minutes plus tard, Mamadi se réveille de son sommeil et réalise que la maison est bien pleine et surtout par de nouvelles têtes. Il demande à sa femme Mia si c'est une réalité ou bien un rêve. Elle répond avec de l'humour et une plaisanterie en disant qu'il n'était pas d'abord aussi si vieux pour distinguer le rêve à la réalité. Le vieux serre ses petits-fils dans ses bras et sa petite fille dans ses bras. Puis son fils Mbo-ké et sa belle-fille. Il pleure de joie en disant que le jeune a très bien fait de lui faire voir ses petits enfants avant sa mort. Quelques semaines sont déjà passées et Mbo-ké s'apprête à retourner en France avec sa famille après les vacances. Mais sa femme promet d'y revenir à chaque vacance, car le séjour s'est très bien passé et les enfants ont aimé et ont bien profité. Ils ont découvert les origines de leur père et étaient fiers d'être noirs, d'être métis et blancs.

Les couleurs de peau en soient ne veulent rien dire. Le plus important reste ce qu'on a dans le cœur, ce qu'on ressent pour les autres. Vivre ensemble dans un monde nouveau c'est tout à fait possible malgré nos différences. On peut cohabiter, s'aimer et s'entre aider dans nos sociétés. C'est une honte de voir l'être humain prendre son prochain comme ennemi. Pendant qu'il y a plein d'autres problèmes plus graves et qui nécessitent d'être combattus d'une manière urgente. Les problèmes environnementaux, les crises économiques, l'insuffisance alimentaire, les guerres, etc.

Mbo-ké connaîtra une vie heureuse et souhaitée par tous. Il devient successivement directeur général, député et ministre avant d'aller à la retraite. Il fonda une fondation humanitaire et un orphelinat qu'il s'occupa normalement jusqu'à sa mort.

Imprimé en Allemagne
Achevé d'imprimer en février 2023
Dépôt légal : février 2023

Pour

Le Lys Bleu Éditions
40, rue du Louvre
75001 Paris